樋口一葉と現代

木村真佐幸

Kimura Masayuki

翰林書房

樋口一葉と現代◎目次

樋口一葉と現代

一　はじめに

1　一葉文学は現在も光彩を

文学研究の対象は言うまでもなく作品が本命である。それと同時にその作家を通しての人間研究でもあるはずだ。とはいうものの今日、作家論的研究の存在感がやや希薄といった傾向は時代の趨勢かも知れない。だが、果たしてそのように割り切ってよいのであろうか。もちろん、作家の生涯やその生活実態を作品へ直線で照射し、これを覆ってしまう事は研究の本来の姿勢を逸脱した邪道以外の何ものでもない。だが、作品の読みは時にはそれぞれの視点観点にとって多様性を生む。したがって研究者は読者に対し、その作家の意図する点の真意を受容するようデーターの提供もまた使命の一つであろう。また、作品は何らかの形で作者の「生」そのものの反映でもある。換言すると作品の底辺には作者の「人間性」が陰に陽に揺曳されているといってよかろう。

特に、一葉の時代は、小学校就学率は概ね三〇％、中でも「女子就学率は、一葉が入学した明治一一年で二四％、退学した明治一六で三四％」（関礼子『樋口一葉』岩波ジュニア新書　二〇〇四・五）。したがって一葉が小学校中退という学歴は通常の域を脱している訳ではない。ただ、当時、数少ない女性作家と、つい、比較対比されるし、一方、自明のことながら社会生活の実体験も少ない上に、その生涯も二十四年六カ月である。もっとも、この社会生活云々はひとり一葉に限ったわけではなく、明治前半の女性の大半がおしなべてこの範疇にあった。だが、これら外形的要因のみで一葉文学を考える事の不適切性は言うまでもない。それは、一葉が運命に翻弄されながらも、その生涯の幾倍にも凝縮した人生の現実を見逃す事ができないからである。その証拠に、一葉の作品、そうして登場人物のキャラクター、人間模様が現代にも通じ、今日の先行き不透明な社会においても一向に色褪せることなく、燦然と光かがやいているのではないか。それは時代を越えた普遍的人間像がそこに生きているからに他ならない。

試みに『たけくらべ』の人物像、人間関係の軋轢、葛藤に視線を移してみよう。『たけくらべ』に見られる「横丁」と「表町」、「貧」と「富」を中心にしながら、さらに「紅入り友仙」と「水仙の作り花」といった色彩等を含めた二項対立構造は早くから指摘されて来た。いま、その轍を擬る気持ちはさらさらない。言うまでもなく、人間関係の苦悶、軋轢の諸要因は決して単純ではないし、個々人の温度差もある。したがってその軽重比較は不謹慎である。だが、私どもの身近な例としては家族・肉親・隣り近所づきあい、果ては職場および所属集団……仕事への達成感への距離、その内面に横たわる人間関係のストレスはさる統計によると六〜七〇パーセントに及ぶとある。しかし、この人間関係は避けては通れないし、かといって〝特効薬〟がある訳ではない。しかもこれは永遠に未完の主題でさえある。だが、ここで特筆できるのは、一葉の『たけくらべ』にはこの人間関係の「特効薬」とは言えないまでも〝漢方薬〞的示唆が散見する点だ。

2　『たけくらべ』の人間模様と現代性

『たけくらべ』は前述のように、通称〝大音寺前〞に住む子供達の「横丁」と「表町」との対立構造の図式である。そうして、この底辺には自明のことながら、帰属する集団としての地縁の論理と貧富の差からくる軋轢・葛藤が横たわっている。若干、個々の人物像や人間関係に触れると、先ず、ヒロイン「美登利」は、姉「大巻」を過剰美化・理想化しつつも、やがてわが身が遊女としての商品化されるという現実の壁に気づき愕然となる。そうしてそれが精神的孤児を結果する諸要因の一つでもある。これに、「信如」への思慕も逆作用して平行線を結果する。また「正太郎」の家族構成は、「正太郎」の母は彼が三歳の時に死亡、「お父《とつ》さんは在るけれど田舎の実家へ帰って仕舞ったから」今は祖母と二人きりという今日的核家族である。さらに年齢差による祖母との意思疎通の欠如や共通土俵形成の難しさ。そうして、その延長線上に「美登利」への〝背伸び〞という虚実混在と状況判断のアンバランス。

一方、『たけくらべ』の主人公と目される「信如」の人物像には少年期成長発達段階の一過性としていわゆる大人でも子供でもない——加えて、「信如」の目には俗臭芬々と映る父母、姉への反撥、換言すると適応する社会がなく、そのため、極度の内向による〝孤高性〞に陥らざるを得なかった。片や

「長吉」は地縁の論理や力の論理限界等に揺れながらも、外形的には虚勢を誇示しつつ、内実は「信如」へ謙虚な姿勢で哀願助力志向。この構図等はまさしく現代社会の組織構造そのものではないか。したがって『たけくらべ』には、一葉の短い生涯のなかで期間はかならずしも長いとはいえないが、数えて十四歳の一葉にとって極めて重い組織結社初体験の「萩の舎」があった。そこで身分・形式偏重のいわゆる上流社会の華族夫人やその子女と〝平民組〟との間に横たわる人間模様の交錯・確執。この歪曲した〝組織・集団〟経験からこれらに対する確かな視線の通底を見る。さらに組織・集団の今日的要因と重ねて大書できるのは、脇役ながら「三五郎」の描写と位置付けであり、これは『たけくらべ』のなかでも一段と光彩を放っている。

　ところで、組織・集団構造の一般的形態として、多くはいわゆるピラミッド型的指揮命令の秩序体系がある。個々人は、このタテ社会、組織・集団の中での自立的価値体系をどのように調和させるかの鬩ぎ合い——これをやや具体化すると組織・集団の理念・目標、経営の存在意義、経営姿勢、そうして行動規範の認識とその温度差、自分の位置・役割と全体像との関連、同僚・上下関係間での信頼性保持並びに自己存在の客観化——はたまた昨今の経営危機、その結果、リストラ不安等々が先に挙げた今日的ストレスの大いなる要因につながる。

　これらの諸要因の中で、今日、最も必要とされる組織・集団の人間関係潤滑油ともいえるのは『たけくらべ』の「三五郎」的存在であろう。だが、現代的世情にみられる少子化現象と早期教育、家族無き家庭傾向等々から、「ノアの方舟」の「ハム」に見られる自意識過剰志向現象が増えつつある。一方、同じエリートでも成長過程で必要な路地裏的集団訓練、さらに腕力だけでなく、時には喧嘩の仕方、仲裁も見事にやってのけるガキ大将の影は消滅しつつある。際立った喧嘩仲裁云々はともかくとしても、時には〝バカ〟になれる「三五郎」的存在と同時に、「身を捨ててこそ浮かぶ瀬もあれ……」的気迫根性は育ちにくい。

3 「三五郎」の限界とその美質

もちろん、一葉はこのような事を想定して「三五郎」の人物造型を意図したわけではない。「貧なれや阿波ちゞみの筒袖、己れは揃いが間に合はなんだと知らぬ友には言ふぞかし」――つまり、祭りの晴れ着は注文済みだが、先方の都合で間に合わなかった……の弁明に象徴されるように、「三五郎」の意地やプライドは地縁・力の論理と金力とのはざま、「横丁」と「表町」の板挾みの中では封印を余儀なくされる。

その我慢の子「三五郎」も千束神社の祭りの夜、表町の「美登利」や「正太郎」に追従雷同していたところを横丁の〝親分〟「長吉」たちの殴り込みに逢う。「此二タ股野郎覚悟をしろ、横丁の面よごしめ……」と、目指す「正太郎」不在の腹いせに「三五郎」が標的にされ、殴られ蹴られての満身創痍。ここでは、常日ごろ、貧しさゆえの忍耐、鬱積の我慢の糸が切れ、「口惜しいくやしい口惜しい口惜しい、長吉め文次め丑松め、なぜ己れを殺さぬ、殺さぬか、己れも三五郎だ、唯死ぬものか、幽灵《ゆうれい》になっても取殺すぞ、覚えて居ろ長吉め……」。この「口惜しい、口惜しい」――四回の繰り返しは『たけくらべ』のなか、ただ、ここ一箇所のみ。まさしく「三五郎」の真骨頂、意地が一気にほとばしり出たの感がある。

だが、一葉の筆致はここで留まるものではない。一葉は仮借なく「三五郎」をさらなる現実へ引き戻してしまう。居合せた人が騒動の沈静化をねがって交番へ注進に及ぶ。駆けつけた巡査が職掌柄、「三五郎」を自宅まで送ろうとするその手を振り払って「喧嘩をしたと言ふと親父《とつ》さんに叱られます。頭《かしら》の家は大屋《おほや》さんで御座りますから」と「長吉」への憎悪も、結局、我慢の深淵へ封じ込めざるを得ない過酷なリアリズムだ。これだけではない。千束神社の祭りの夜、「長吉」たちに散々撲たれ蹴られて起き上がることも出来なかった時、平生は見られなかったすさまじい「三五郎」の大迫力、その怨念を一葉は、「三五郎は口惜しさを噛みつぶして七日十日と程をふれば、痛みの場所の癒ると共に其のうらめしさも何時しか忘れて、頭の家の赤ん坊が守をして二銭の駄賃がうれしがり、ねん〳〵よ、おころりよ、と背負ひあるくさま、年はと問へば生意気ざかりの十六にも成りながら其大躰《づうたい》を恥かしげにもなく、表町へものこ〳〵と出かけるに、何時も美登利と正太が嬲りものに成つて、お前は性根を何処へ置いて来たとからかはれながらも遊びの中間は外れざりき。」――一葉はこの様相を、「罪のない子は横丁の三五郎なり」と限り無い哀憫と同情の心情を注いでいる。

一葉は『たけくらべ』の登場人物中、先にも一部述べたが「三五郎」を「罪のない子」と三回散発させながら最大、愛情を傾けた……とは従来も言われてきたところである。私もこの「三五郎」が

「怠惰《なまけ》ものなれば十日の辛棒つゞかず、一ト月と同じ職も無く……」と前述のように年下の者にまで貶され、揶揄される反面、恥も外聞もかなぐり捨ててはいつくばっても生きようとするある種の意地、気迫、そこにはすさまじいエネルギーと根性が内に潜んでおり、ここに通常の感覚を超えた男の〝美学〟を見る。その意味では、いかに厳しい世情の組織・集団であっても、最後まで生き残れる人物、それは「三五郎」そのものと断言して憚らない。

4　一葉の作家姿勢

作家には、先天的な能力を縦横に駆使し、その豊かな想像力によって物語を創出するタイプと、時には虚構の及ばない過酷な現実と格闘して人生の真実に迫るという作家もある。では、一葉はどちらか――もちろん、一葉の先天的素質は自明のことながら、先にも一部触れたが、やはり、一十四歳と六ヵ月という短い生涯の中で、しかも死に至る十年間、長兄泉太郎の死によって派生した女戸主という社会的責任と制約、そうして続く父の死と借財という負の遺産も避け難い運命を余儀なくされた七年余、文字通り現実を直視格闘していやが上にも人生の、社会の厳しさ、醜さにも直面せざるを得なかった。加えてわが身に迫る「死」の影への畏怖――この生と死のはざまという極限のなかで残された僅かな時間に身をそぎ、骨を削っての執筆、それが一葉の現実であった。

ところで、この度、五千円札の図案に一葉の肖像が採用された。よくいわれることであるが、一葉は「萩の舎」の姉弟子「田辺花圃」に「一葉」なるペンネームの由来を桐の「一葉」かと聞かれた時、「葦」の〝一葉〟ですと答えた。達磨さんの葦（足）の一葉よ（達磨）おあし（お銭《あし》）がないから……と、昔インドの達磨大師が中国の揚子江を「一葉」の葦の葉に乗って下ったという故事に因んだことをの「達磨さんの足（お銭《あし》）」に擬え、貧しさの自嘲的な述懐は周知の通りである。また、一葉の雅号との関連であるが、「萩の舎」で同門の伊東夏子、どちらも「夏子」であるため、前者を「イ夏ちゃん」、一葉が「ヒ夏ちゃん」と呼び合う、まさに肝胆相照らす仲の伊東夏子――結婚して田邊夏子の『一葉の憶ひ出』（非売品　発行所　潮鳴会　昭和二十五年一月一日刊）に、「夏子さんが、手紙に、落葉よりと、してありましたから、又こんな忘《ママ》【注　忌まわしいの誤記か】しい名をつけたと、『落葉なんてよしてちようだい』と、苦情を出しましたら、『父にすてられたわたしは落葉ですもの』と、自分は気にもとめぬようでした。」といったエピソードが紹介されている。

この真意の程は測りかねるが、仄聞すると、一葉の勉学継続について両親の意見が分かれ、「十二というとし、学校をやめけるが、そは母君《ぎみ》の意見にて、女子にながく学問をさせなんは、行々《ゆくゆく》の為よろしからず、針仕事にても学ばせ、家事の見ならひなどさせんとて成《なり》き。父君《ぎみ》は、しかるべからず、猶今しばしと争ひ給へり。汝が思ふ処は如何にと問ひ給ひしものから、猶生れ得てこゝろ弱き身にて、いづ方にも〳〵定かなることいひ難く、死ぬ斗《ばかり》悲しかりしかど学校は止《やめ》になりけり。」（明治26・8・10以降の日記余白）とある。以上のことからも、こと、進学については先に「父にすてられた……」は当てはまらない。それだけではない。さらに、「それより十五まで、家事の手伝ひ、裁縫《たちぬひ》の稽古、とかく年月を送りぬ。されども猶、夜ごと〳〵文机《ふづくえ》にむかふ事をすてず。父君も又我が為とて、和歌の集など買ひあたへたまひけるが、終《つひ》に万障をすて、更に学につかしめんとし給ひき。」ならばなおのことである。これが父の友人「遠田澄庵」の和歌添削による通信教育を経て、やがて中島歌子の「萩の舎」入門へ行き着く。

いずれにしても、父則義は一葉への学問継続勧奨は明確である。してみると、「萩の舎」での伊東夏子の記憶が時間的なずれが原因かも知れない。一葉の幼少時は決して貧しくはなかった。樋口家は父存命中並びに歿後を含め、十五回転居を繰返している。その中で、東京・文京区本郷六丁目では、一葉が明治九年の四歳から同十四年の九歳までの六年余、しかも約二百三〜四十坪の地所で、四十五坪余の屋敷住まい、極めて豊かな中流生活を過したことを忘れてはならない。「かりに桜木のやど、いはゞや、忘れがたき昔しの家のハいと大いなるその木ありき、狭うもあらぬ庭のおもを春ハさながら打おほふ斗《ばかり》咲ミだれて落花の頃ハた、きの池にうく緋ごひの雪……」と幼少期を懐想した一葉雑記（明治29）がある。ここは、東大赤門前で往時から樋口家に隣接していた浄土宗和順山法真寺の住職伊川浩永氏の努力によって、一葉ゆかりの資料を収集し、閲覧に供している。

いずれにしても一葉イコール貧しさの象徴・形容は、父則義歿後の明治二十二年七月十二日、一葉、数えて十八歳以降ということだ。「女戸主」一葉が一家の生活を支える方途は次項で触れるが、ささやかな内職か質屋通い、そうして伝手を頼っての借金以外に道はなかった。八方塞がった窮余のたびに、毎回駆け込むのが〝イ夏ちゃん〟こと、伊東夏子の家であった。実家は家禽類の問屋で元・幕府御用達をつとめた裕福な東国屋である。その意味から一葉にとって伊東家、そうして伊東夏子の人柄は、「心腹を吐露し尽くして、今日はこと更に嬉しかり。」(明治25・3・20の日記)、そうして「百年の友」(同26・6・18)と日記の各所に散見する。物心共々その垣根を低くして一葉の生涯を支えた最大の功労者は伊東夏子その人といえる。

以上のように〝一葉イコール貧〟と象徴化されるように、およそお金と縁遠かった一葉が五千円札——ここには名状し難い複雑な心情が去来する。一葉の「お札」図案は今回に始まった事ではない。すでに昭和三十三年(一九五八)と昭和五十九年(一九八四)と二度リストアップされ、三度目の正直でこの度の登場である。

ここで一葉の外形的虚像のみを捉えて信奉、美化、賛嘆することなく、これを機会に一葉の真の姿、必死な〝生きざま〟を真摯に受け止める事を期待したい。そうして稚拙ながら長年一葉研究に携わって来た人間のひとりとして、いささか口幅ったい表現をお許し頂くと、現在を生きるにわれわれにとって「一葉」とは何か——の再認識・再確認を切に乞いねがう次第である。

二　一葉文学のバックボーン＝両親の過剰な士族意識

1　一葉・家名尊重の重圧

このテーマも新しくはない。だが、一葉文学を考える上では絶対避けられないこともまた事実だ。「図書館は〜いつ来たりてみるにも、男子はいと多かれど、女子の閲覧する人大方一人もあらざるこそあやしけれ」（明治24・8・・8の一葉日記）。しかも、「多くの男子の中に交《まじ》りて、書名をかき、号を調べなどしてもて行《いく》に、『これは違《たが》ひぬ。今一度書直しこ』などいわるれば、おもて暑く成て身もふるえつべし。」（同上）の緊張感に苛まれながら足しげく通う自己叱咤は一体何だったのか。その解明前にこれに敷衍し注目すべきことがある。

上野図書館の閲覧料は後に無料になったが、一葉が図書館通いを始めた頃は一日一銭五厘――この〝高価〟な代償は一葉一家の生活構造、経済比率としては決して低位ではなかった筈だ。参考まで当時の物価を『物価世相100年』（読売新聞社）、『値段史年表』（週刊朝日編）等から拾うと、米一升（1.5kg）が九銭から十銭、そば（もり・かけ）が一銭から一銭二厘、天どんが三銭、牛肉一斤（450g）二十二銭、同缶詰二十銭。食パン一斤（450g）が五銭から六銭。一方、収入形態のうち、女性の内職としてマッチ箱張りは達人クラスでも一日一〇〇〇枚で七銭三厘、普通は六〇〇枚程度。一葉一家の主たる収入源として一時、邦子の「蝉表」の内職もあったが、主に着物仕立てや洗濯であった。その賃金は、「着物仕立賃は綿入れで十銭から十四銭、袷《あはせ》で八銭から十銭、単《ひとへ》物《もの》七銭から九銭、洗濯物が冬物で五銭、夏物二銭から三銭、浴衣《ゆかた》は一銭」（夏目伸六『父夏目漱石』〈一葉と漱石の原稿料〉昭和36・7 角川文庫）が現実であった。同様に疋田達子（戸川残花の娘）の談によると、「その頃の仕立賃は木綿《もめん》綿入れ十四～五銭、袷《あはせ》八～九銭、単衣物《ひとへもの》は七銭か九銭位、夜業《よなべ》をしても一人一日十銭の儲けがせいぐ」とあるし、明治二十四年十月の『女学雑誌』もこれらを裏付けている。例えば、この「浴衣」一枚一銭を現在の値段に換算するとどのくらいになるか――正確の数値は困難であるが、米価を一応の目途として一万倍すると約「一〇〇円」というところであろうか。一葉の借金の額がきまって七円か十五円、七円は一ヵ月の生活費、十五円は二ヵ月分を意味している。当時、母妹三人で家賃を含め、月十円が最低生活必要額であった。したがって前記の収入源では最低生活の確保も困難と言わざると得ない。

この物心両面にわたる高度の緊張感の中での図書館執着の意味は単純ではない。それは、両親が異常にまでこだわる元旗本直参、士族意識――この過剰心情を作家として体現し、その期待に応えようという「女戸主」一葉の責任感もよみとれる。確かに、この作家志向は直接的には「萩の舎」の先輩でありライバル的存在の田辺花圃が、坪内逍遙の推薦によって当時の一流雑誌『都の花』に「藪の鶯」という小説で得た原稿料三十三円二十銭（現在の約三十三～四万円）のインパクトは間違いない。だが、さらに祖父、父、長兄が志半ばにして挫折を余儀なくした家名尊重、両親の旗本直参執着もあながち否定することが出来なかったのではなかろうか。

2　家系図操作―同心株の獲得―

だが、両親の極端な士族へのこだわりを一葉はそのまま畏敬をもって了承したわけではない。これもよく引用されるところであるが、「只利欲にはしれる浮きよの人あさましく厭わしく、これ故にかく狂へるかと見れば、金銀はほとんど塵芥のやうにぞ覚えし。」（明治26・8・10以降の一葉日記余白）の少女期回想の一文に象徴される金銭執着罪悪視の背景と、父則義が、警視庁や東京府の役人というお堅い職種にもかかわらず、一方では〝高利貸し〟的行為に対する間接的批判と読み取れる箇所に注目しなければならない。

　未だ、年若い一葉には両親の金銭絶対視の背景を知る由もなかった。周知のように一葉の父則義（当時、大吉）は安政四年四月、妊娠八ヵ月のあやめと郷里山梨を出奔。同郷の先輩で藩書調所勤番真下専之丞（後、陸軍奉行並支配五千石）を頼り江戸へ出る。そうして同年五月十四日、長女「ふじ」を出産したがこれを里子に出し、あやめは旗本稲葉大膳（二千五百石）の姫「鑛《こう》」の乳母となる。初志貫徹の方途とは言え、わが子へ飲ます乳を他人の子へ。この過酷な選択を含め二人は粒粒辛苦の末、慶応三年七月、江戸南町奉行配下八丁堀同心浅井竹蔵の〝株〟（三十表二人扶持）を三百八十二両二分銀十匁で買収（内金五十両、後金五十両、残金は五十年分割）。しかも竹蔵の母の養育まで約束して待望の士分になった。加えて先祖は武士であったという家系図画策を余儀なくされる。

だが、三ヵ月後の十月十四日、徳川幕府は崩壊。郷里出奔以来十一回に及ぶ改名等が如実に物語る苦節十年はまさに槿花一朝の夢と化す。その落胆ぶりは言語に絶すものであった筈だ。武士絶対の視座はかくもあっけなく消滅してしまう。以後、何を支えとして生きるのか——ここに失われた士族への憧憬と父則義の拝金思想の源流を見ることが出来る。このことは何人にもこれを責めることが出来ない筈だ。結局、一般的な図式通り期待は子ども達へ——その長男泉太郎が明治法律学校（現・明治大学法学部）から大蔵省出納局配賦課へ。しかし、間もなく結核を発病し十一月退職。そうして十二月二十七日、二十四歳で死亡。この泉太郎の死は一葉に暗い「死」の影となって脅かすこととなる。二男虎之助は〝士族〟の家柄には相応しからぬ素行のため明治十四年に分籍——これは体のよい勘当である。ここにも「旗本直参」〝亡霊〟の犠牲者がいる。したがって以後、期待すべき人物、それは一葉以外に存在しないというのは当然の趨勢に他ならない。

3　旗本直参の〝亡霊〟

明治二十四年九月の一葉日記「筆のすさび」の中に「母君は、いと、いたく名をこのみ給ふ質《たち》におはしませば、児《じ》、賤業《せんげふ》をいとなめば、我死すともよし、我をやしなはんとならば、人め、みぐるしからぬ業《わざ》をせよとなんの給ふ。そも、ことわりぞかし。我両方《わがふたかた》は、はやう志をたて給て、この府にのぼり給ひしも、名をのぞみ給へば成けめ。」は前述の事情を裏付ける。ここでいう「賤業」とは何を指すか。それは「士族意識」へのこだわりから見て「士農工商」の中で今日では思いもよらない「商」である。『たけくらべ』成立の背景の一因とも言える吉原遊廓街に隣接する通称〝大音寺前《だいおんじまへ》〟転居。これは「商売」による〝転進〟に他ならない。だが、これは母多喜、最大の嘆きであった。つまり、〝士族〟のプライドがこれを許さなかった。加えて下町は商人の町、せめて「山の手」で、しかも武士の象徴である「門」と「庭」への固執は旗本直参の〝亡霊〟のなせる業だ。ここにも一葉の孤影を垣間見る。

この常軌を逸したと形容して吝かでない士族執着の背景を、既述経緯に敷衍してさらに次の二項目を挙げる事が出来る。一つは、〝同心株〟買収額の重さである。甲府市在住の荻原留則氏『評傳晩菘眞下専之丞』（平成3・6・28　非売品　印刷は株式会社サンニチ）によれば、天保の頃、物価上昇の煽りで、「徳川の御家人で無役の小普請組などに属する者は生活は貧しく、種々の内職をして食いつなぎ」、一方、「役についている者でも、病気その他の遊び事を覚えた者などは、生活を支える方法として、表面は養子縁組などの名目で許可を得て、他家から人を入れて家督を相続させて自分は隠居することが公然と行われた」と言う。そうして、その場合、「御家人の株を金に替え」、〝価格〟も「天保の頃の御家人株の相場は、与力千両、御徒歩は五百両、同心は百両の上位」で、まさに「武士の誇りと魂をも金で売ることが流行」と指摘する。

一葉、両親の故郷で士族志向の先達、しかも父則義が範とした同郷の出世頭真下専之丞が代官手代となったのは彼三十歳の天保元年（一八三〇）。そうして同七年（一八三六）の七月、幕臣真下氏の家督を継ぎ、幼名以来、幾度か改名を経てここに真下専之丞が誕生。と同時に養父真下仙左衛門重成の役職、江戸城西の丸表台所人も継承した。郷里、甲斐国山梨郡中萩原村の農民から出府して十二年目、一葉の両親の苦節十年――その士族志向戦略が奇しくも軌を一にする。

ところで、先の荻原氏が調査の〝御家人相場〟と則義との距離をどう見るか。一瞥しても約三十年の隔たりがある。しかもこの間は尊王攘夷開港論をはじめ、多くの諸問題が拮抗し、嘉永六年（一八五三）ペリーの来航、安政の大獄（安政五年＝一八五八）、桜田門外での井伊大老暗殺、新選組浪士結成、慶応二年の薩長連合同盟等に象徴される物情騒然の様相であった。したがって当然のことながら物価〝士族株〟の変動も著しい。一般的な物価変動の指標を米価に求めることは既に触れた。いま、これに合わせ米一俵（60 kg）の価格を円換算で見ると、天保元年（一八三〇）三十銭、ところが天保七年（一八三六）には飢饉の影響で一挙に倍価の六十銭、八年には再び元に戻って二十八銭。しかし、弘化二年（一八四五）の米騒動時は前年の二十九銭から五十銭、そうして則義が待望の士分実現の前年、すなわち慶応二年（一八六六）は二円九十八銭――まさに真下専之丞が士族になった天保元年の十倍ということになる。したがって、〝同心株〟百両が三百八十二両余に変動しても不思議ではない。

また、幕府の権威失墜という幕末の世情から当然、武士の権威も低迷下降にあった筈だ。奉行所最下級武士の「同心」であっても時には〝役得〟があり、消費形態も今日の比ではない。それにしても、同心俸禄が一年間で僅か三十俵二人扶持、この厳しい現実を見合いながら〝同心株〟買収を重ねると、則義・多喜の物心両面の重みは想像の域を越える。出奔した郷里への意地と誇示——これも大きく支配していたに相違ない。

いま一つ挙げる。それは武家政治崩壊後、明治の新政府が「卒」の一部を「士族」へ昇格したことだ。明治元年五月、政府は旗本の中で朝廷に帰順したものを中大夫、下大夫と上士に分別したが、翌二年十二月、これを廃し総てを「士族」及び「卒」と称することにした。その後、諸藩（廃藩置県は明治四年）でこの取扱いをめぐって処遇不均衡が発生し、そのため「卒」のうち事実上の世襲身分者を「士族」に、一方、一代限りの者は「平民」に復帰させた。この対応が明治八年までつづき、結果的には士族二十五万九千人、「卒」十六万七千人となった。では則義はどうか——かって〝同心株〟取得の折、浅井は則義を養子縁組と考えていた。だが、則義は持前の政治力を発揮し、登記所は「樋口姓」で通過した。この事実に浅井は激怒したが、時すでに登記済みで後の祭りである。ところが好事魔多し……ではないが則義はこの一代限りに該当し、思わぬところで障害?が発生。八方、手を尽くし、かろうじて「士族」に列することになる。以上の二つの要因も士族意識倍加につながる証左と言えよう。

三　両親・江戸への脱出コース＝難所中の難所

1　中里介山『大菩薩峠』〈弁信の巻〉

一時、両親の江戸への脱出コースを「大菩薩峠」越えとまことしやかに語られたことがある。それは中里介山があの一大長編『大菩薩峠』（全四十巻）を大正二年（一九一三）から『都新聞』に連載を開始、三十年近く書き続けたが結局、作者の死によって未完となった。その中の〈弁信の巻〉に、「峠にある『長兵衛小屋』の楽書に『われ二人、やみ難き悩みより峠を越えて江戸へ落ち行きます。江戸で一生懸命働いて、皆様に御恩返しをするつもりでございます。月　日　あやめ　大吉　』と書かれたのは戯れとはおもわれない。この文面を見ると、女の筆で現されている。してみれば、若い夫婦か、恋人同士が、家庭の折り合いがつかず、やみ難き悩みのうちに相携えて江戸へ走るため、国を去るの恨みをとどめた心持がわかると共に、この若女房と思われる人の才気のほども思われないでもない……。」（以下、略）の一節が大きく作用していたと考えられる。

確かにこれは小説としての虚構……であることを重々承知しながらも、一葉の両親の実名、さらに「あやめ」を先に掲げた心にくい筆致、内容面からも多分に説得力を持つ。大菩薩峠は標高約二〇〇〇

一葉・父親の実家跡から大菩薩峠を見る。

メートル級の峻険な山々が聳立し、山中の上下が約二十四キロ、人家などはもちろん無い。とはいえ、現・塩山市の中心は標高約五〇〇メートル、また、一葉の両親の出身地、中萩原村重郎原はさらに二キロ近く坂を登る。旧居から大菩薩峠を望むと、まさに指呼の間といっても過言ではない。両者の結婚にはあやめ側の賛同を得難たかった。したがって江戸への最短コースは確かに大菩薩峠も一理ある。

2 「御坂峠」―「足柄山」―「小田原」―「鎌倉」を

だが、私はその時点で幾つかの疑問を抱いていた。先ず、最短コース志向ならばことさらのこと、一種の〝駆け落ち〟的行為であれば必ず追っ手が来る。加えて妊娠八ヵ月の文字通りの身重、旧暦四月とはいえ、大菩薩頂上は未だ白皚皚たる雪中、難苦行は地元人間の二人には百も承知のはずだ。結局、中萩原村から籐乃木《とうのき》―御坂峠―河口湖―川口吉田―郡内山中―籠坂峠―須走《すばしり》―竹之下―足柄山―矢倉沢―酒匂川《さかわがわ》―小田原―大磯―茅ヶ崎―馬入川《ばにゅうがわ》（相模川を船渡し）―藤沢―遊行寺―江ノ島―鎌倉―程ヶ谷（保土ヶ谷）―川崎―大森―品川―高輪泉岳寺―日本橋―馬喰町《ばくろうちょう》（九段下の真下役宅）へ。出発は安政四年四月六日から同十三日の八日間である。

ところで、かつて評家の中でも、江戸へのコースを現代感覚で捉えて〝物見遊山〟と形容される時期があった。一見、「観光コース」に見えないこともない。だが、二人の故郷脱出――江戸出府は繰返すが安政四年（一八五七）のことだ。「御坂峠」はかつて鎌倉往還の要路とはいえ、大菩薩峠もさることながら「御坂峠」も「足柄山」も難所中の難所である。『甲斐国誌』〈巻乃五十三〉に「川口ヨリ籐乃木へ越ユル山路アリ　此間三里余　道路険阻ニシテ攀《ヨ》ジノボリカタシ　南面ノ方、別《ワケ》テ嶮シ　半腹ヨリ峠へ至ル十二折リト云《イフ》　峠ヲ望ムコト咫尺《シセキ》【注　間近い事の意】ニシテ屈曲シ甚ダ遠シ　頂上ヨリ富士ヲ望メバ倒扇ノ如ク　麓ヨリ脱出《ヌケダ》シ　前ニ河口湖ヲタタへ　絶勝エガク如シ……」。（以下略。ルビは木村）また、能因法師の歌に、「甲斐人《かいうど》の嫁にはならじ事辛《から》し　甲斐の御坂を夜や越ゆらむ」（『承徳本古謡集』〈甲斐風俗〉）とある。この歌の意味は、「甲斐人の嫁になるのはご免だ。あの御坂を夜越えねばならいから……」の他に、ここで甲斐の御坂を越えるのは嫁ではなく夫の甲斐人であり、夫が夜、越すのを家にいて案じ明かす女心の切なさを歌ったものであろう……という野口二郎氏（甲斐拾遺）説もある。

いずれにしても都と甲斐を結ぶ交通の要衝とは言え、これらは「御坂峠」の難所説を裏付けている。さらに『鎌倉街道〈御坂峠の概要〉』には「峠」は宿所も不十分で、人家も無く、野獣や山賊が多く、したがって自然の災害にも抗しながら、しかも重い荷物を背負って旅をすることは死を伴う程危険であった旨が記されている。

私も一昨年、本学元教養ゼミ長（現・北大大学院法学研究科博士後期課程）の河森計二君の協力を得てこのコースの部分探索踏査を試みた。まず、「篠野木」から「御坂峠」への旧道はまさに〝けものみち〟、木々の枝にすがってかろうじて一歩また一歩……一方、「御坂峠」は当時、トンネルなどはもちろんあるはずも無い。次頁の写真でもわかるように、彼の太宰治が『富岳百景』舞台の「天下茶屋」――「富士には　月見草がよく似合ふ」が刻まれる文学碑の左側が「旧御坂峠」、峠は御坂山地の標高一七九二メートル黒岳と一五九六メートルの御坂山の鞍部にかかるとはいえ、ここも樹木の幹、枝に縋って漸く移動出来る超難所。河口湖の〝倒扇〟のごとく影を映す富士鑑賞の余裕などさらさら無い。

御坂峠から富士を望む。手前は河口湖

太宰治文学碑、その左が「旧道」

御坂峠の「天下茶屋」

少しでも油断をするとそのまま急坂断崖に転げ落ちる恐怖を今でも鮮明に記憶している。

そうして、河口湖、山中湖、須走、竹之下を経てやがて「足柄山」へ。ここは『万葉集』「東歌」をはじめ、人の心を隔てる境界に譬えられて数々の歌に詠まれている。また、時代を遡るが寛仁四年（一〇二〇）、上総から父に従って京へ帰った菅原孝標の娘は『更級日記』の中に、「足柄山といふは、四五日かねておそろしげに暗がりわたり」。【注 「四五日」は「四五里」の誤りで、「四五里にわたって」と説くのが普通。『日本古典文学大系』】。つづいて「まだ暁より足柄を越ゆ。まいて【注 はじめに『ふもと』のことがあったのを受けて、山の中はましてという。『日本古典文学大系』】山の中はおそろしけなる事いはむ方なし。雲は足のしたに踏まる。」と述べている。もっとも、多くの伴にかしずかれても、なお、この驚きの感である。

ともかく、「足柄山」の標高はそれほどではないが、それでも七五九メートル――この山は裾野が狭いだけに急峻続き。国道とはいってもセンターライン無しの崖を伝っての蛇行、そこを時々交錯する超急坂の細い「足柄古道」――各所に標識はあるが、樹木、笹や雑草等に塞がれた昼なお暗い胸突き八丁。南足柄市役所に伺うと、確たる証拠はないが標識の「古道」は概ね間違いないと思う――の答えであった。

一葉の両親は先の「御坂峠」といい、「籠坂峠」、そうして「足柄山」等々を一体、どのようにして登り、かつ、下ったのであろうか。既に触れたように「あやめ」は妊娠八ヵ月、「大吉」は荷物を背負いながらも「あやめ」を庇いつつ文字通りの必死の旅が想定される。この事実からとても無責任な〝物

「竹の下」から「足柄山」を見る

足柄古道

見遊山〟の発想などは出てくる筈がない。もちろん、自明の事ながら私たちの実地踏査といっても、両人の苦闘には到底届かない。まさにその万分の一――ねがわくは追体験・準体験を希った傲慢と僭越を省みるばかりであった。だが、二人の不退転の決意と背水の陣の思いは確実に伝わって来た事だけ確かである。

四　桃水への愛憎の相剋―「鶴田たみ子問題」誤解のまま死を―

1　〝精神的孤児〟と社会的対応の限界

明治二十四年四月十五日、一葉は妹邦子の友人野々宮菊子の紹介により、『朝日新聞』小説記者の半井桃水を訪ね、押しかけ入門よろしく強引に弟子入りを実現させた。以後、一葉にとって桃水は物心両面にわたってよき師であり、よき協力者、また、〝恋人〟的存在でもあった。明治二十五年二月三日の日記に、一葉は桃水に会いたいと手紙を出した。行き違いに桃水からも会いたいので明日、お出で願いたい――の手紙が来る。「かく迄も心合ふことのあやしさよと一笑す……」とあるのは、桃水への恋情に近い一葉の心の傾斜を物語る。

先にも触れた長兄の死、続く父の死と多額の負債、次兄「虎之助」の〝勘当〟。これには事の真偽に疑問が残るにせよ、一応、〝許婚〟？・渋谷三郎の離反――藁にでもすがりたい孤独と苦衷の前に、独身（二十四歳の時、同郷の成瀬もと子と結婚したが一年後に死別）でハンサム、しかも相手に負の意識を与えない苦労人桃水の登場……先に挙げた桃水訪問の折、桃水は一葉に夕食を勧める。辞退する一葉に対し、「我家にては、田舎もの、の習ひ、旧き友と新しき友とをとはず、美味美食はかきたれど、箸をあげさせ参らするを例とす。心よくくひ給はゞ、猶こそ嬉しけれ。我も御相伴はなすべきに……」もその一例に過ぎない。このように我が家は田舎もの、我が家のしきたり――といった具合に、相手に心の負担を与えない、この爽やかな気配りの虜にならない方がかえって不自然である。

この桃水への〝恋心〟が、表面的であるが一時、断絶する。それは桃水への紹介者野々宮菊子に対し報告の義務を怠ったことだ。これはなぜか。「恋愛は閉鎖的世界から出発する」の恋の図式よろしく、桃水独占の心情が一葉を支配した。菊子も桃水に対し、好意以上のものを抱いていただけに、ここに精神的三角関係が浮上し、菊子の離間工作が発生する。そこに格好の材料が存在した。それは桃水の妹幸子《こうこ》と女学校の同級で桃水宅に下宿していた鶴田たみ子の妊娠である。相手は桃水の弟浩。菊子はこれをあたかも桃水であるがごとく吹聴した。以後、一葉は複雑に揺れ動く日々の連続であった。歯車のきしみ――そもそも恋は不条理な感情の渦巻きでさえある。そうして多くは、相手によって己れを変質に導くだけに事は深刻だ。加えて能動性と受動性という対極の要因が同時進行し、理屈や論理では片付かない。したがってここでは論理は無力の上に、しかも永遠にゴールがない。また、恋の閉鎖的性質から余人の介入が困難であるだけに、事、相手の問題に対してはどうしても独断と偏見を招来する。「鶴田たみ子問題」は以後の一葉に大きくのしかかる。後述するが、『たけくらべ』成立の背景につながる一葉の〝大音寺前〟転居、ある意味では桃水への反抗、〝心の家出〟と見ることも出来なくもない。

2　先入観・固定観念の危険性

われわれは往々にして、一度、固定観念が定着すると、その後の認識や行動を支配する傾向がある。しかも、それを修正するような情報を受け付けようとしない。反対に、それを肯定し、確認・強調するような情報を積極的に収集しようとすることさえある。一葉は〝桃水とたみ子問題〟については母にも妹邦子にも語らなかった。それは「女戸主」としての自己規制もさることながら、一方、「恋愛」は先にも述べたように閉鎖的世界から出発するの譬え通り、沈黙を貫いたともいえる。それだけに苦悶逡巡が心の平静を妨げた。

妹邦子が、文壇の消息通の関場悦子から桃水の噂話を聞き、「品行の不の字なること信用なし難きこと、姉君が覚す様には侍らずよとて、まめだちて聞えしらさる丶にもむねつぶれぬ。我為には良師にしてかつ信友と君もの給へり」（明治24・9・26の日記）。一葉は桃水への疑心暗鬼を払拭出来ないまま、一方、「良師」、「信友」であって欲しいの祈請にも似た心情が日記の行間を暗くしている。居ても立ってもいられぬことから勇を鼓して十月二十二日、桃水宅訪問希望の手紙を出す。ところが、桃水の返書の内容には、「妹孝子君事【注　幸子の間違い】廿七日嫁入らすべきよし。其後参りくれ度と也けり。」とあった。一葉は「俄かのことにて誠ともおぼえず。いと、あやし。」と疑念はさらに疑念を呼ぶ。

一葉は幸子の結婚について自己納得出来ないまま、「御祝儀」にかこつけて翌々日の二十四日、桃水宅へ押しかける。「久しう訪ひ奉らざりしうちに、様々あやしき物がたりども多かること、半井君の、そをおのれにつゝ、まんとて苦心し給ふなど聞くにも、少しほゝゑまれぬ。」……。一方、桃水は一葉の来宅の足遠くなったのを懸念し、その原因は例の「たみ子問題」ではと想像して事の事実を「野々宮ぬしに委しく語り奉れるにこそ。おのれは、かゝる粗野なる男子なれど、貴嬢方にいさゝかも害心をなんさし挟まぬ。されば、兄弟中の醜聞より、御母君などやあやふがりて、かう引止め給ふにや。（中略）例の今しばしなどの給へど、久しうあらむも、いとくつらきに、其まゝ帰る」。いささか長い引用になったのは、桃水の「あやしき物がたり」を弁解として苦笑せざるを得ず、長居にも耐え難いため、早々に退出せざるを得ない一葉の苦悶について生の資料がインパクトを強くすると判断したからである。

日記の中に、事の事実を「野々宮ぬしに……」とある。前述のように菊子は事実を歪曲して一葉に伝えたわけだ。だが、この要因を形成したのは他ならぬ一葉自身の筈。だが、一葉はこれに気づかない。われわれの日々の生活空間には、これに類することが極めて多い。問題は、仮に桃水との恋の成就願望があったとしても、所詮、女戸主は婿養子を迎えることしか出来ないという選択肢が限定されているだけに、内向度は一そう深まることになろう。そうして、「たみ子問題」の苛立ち逡巡が、身や心に傷を残していく事を冷静に自己客観視し、事態解決の方途探索の余裕はなかった。結局、一葉は誤解のままに短い生涯を閉じた。人間の成熟発展は喪失と断念の繰返しであり、そこには必ず心の痛みが伴う。だが、この、時代の制約と〝精神的孤児〟一葉の悲しき性《さが》は、余りにも過酷過ぎる。

3 「鶴田たみ子」の子ども「千代」と五年ぶりの再会

一葉にとって胸中奥深く鬱積沈潜していたこの問題から五年後の明治二十八年六月三日の日記に、桃水を訪問し、夫を亡くして実家に戻っていた桃水の妹、幸子に五年ぶりに会い、弔意を述べたことが記されている。その時、「鶴田ぬしがはらにもうけし千代と呼べるが、ことしは五つに成しが、いとよく我に馴れてはなれ難き風情、まことの母とや思ひ違へたる、哀れ深し。ちよ様はわれをわすれ給ひしかといふに、房々とせし冠切りのつむりをふりて、否や、わすれずといふ」。さらに、「二階のはしごの昇りにくきを、我が手にすがりて伴ひゆくも可愛く、茶菓などはこぶを、あぶなしといへども、誰も手なふれそ。お客様には我れがもてゆくのなりとて、こまぐ〵とはたらく」。千代が一葉を記憶していることなどあり得ないだけに、かえって千代の仕種にいとおしさと哀憫の情が複雑に揺らぎ交錯する。

一葉は、千代との邂逅に心の動揺を内包しつつ、その延長線上に桃水への愁傷怨念に思いを及ぼす。「此の人ゆゑに人世のくるしみを尽くして、いくその涙をのみつる身とも思ひしらねば、たゞ大方の友とや思ふらん。今の我身に諸欲脱し尽して、仮にも此人と共に人なみのおもしろき世を経んなどかけても思はじ。はた又過《すぎ》にしかたのくやしさを呼おこして、此人眼の前に死すとも涙もそゝがじの決心など大方うせたれば、たゞなつかしくむつまじき友として過さんこそ願はしけれ……」には、「いくそ

（幾十回も）の涙」といい、「此人と共に人なみのおもしろき世を」等から一葉は桃水との〝結婚〟を充分に意識していた事が伺われる。ここまで希っていたのに、いくら「たみ子問題」が根強く介在したにしても、久々の桃水との面談にして余りにもクールであり、諦観の度が過ぎると見るのは傍観者の無責任な視線と言うべきであろうか。

また、これは中島歌子の母、幾子が病床の時、一葉は神田・西紅梅町の佐々木医院の許へその薬を受け取りに行ったことがある。また、来診の記録もある。その時、常日頃、余りの肩凝りについてその原因を医師に問うたところ、その痛みが胸に下りた時は命取りになると言われたことがあった。そうして、このことが長兄泉太郎の死の軌跡をわが身に擬えての懊悩・悲愴感が一段と加わった理由の一つかも知れない。それはともかく「たみ子問題」後、五年の歳月が経過しても依然として「誤解」はなお、堅く凝縮したまま桃水への〝愛憎〟として一葉を拘束しつづけ、読む者にも遣りきれなさを誘う。

桃水は弟・浩の自戒を促す意味も含め、当時、在学中の独逸協会医学校も退学させ、米問屋に丁稚奉公へ――一方、たみ子は郷里の敦賀へ帰し、男やもめの桃水が千代を引き取って面倒を見ていた。皮肉なことにこの事も一葉の誤解を促す結果となった。桃水は限りなくいい人であり、苦労人でもあった。先の千代引取りのことは長兄としてある程度、分らないこともないが、未亡人になった妹幸子の長女ソメを養女にして、やがて当時としては異例ともいえる日本女子大まで進学の労をとり、また、やはり寡婦となった従妹河村千賀子の子ども芳子も引き取って養育している。

後日談になるが、一葉没後、成長した千代が、刊行された『一葉全集』の日記を見て、一葉さんが私の本当の父親が分れば、一葉さんのその後の人生も変ったのではないか――申し訳ないことをしたとの心情吐露があったと言う。別に千代さんの責任ではないが、一部、頷けるところもあるような気がする。

一般的に謝罪と「誤解」を解くには大変な勇気とエネルギーがいる。一葉の場合、せめて妹邦子に洩らしたならば、彼女は明るくおおらかな性格で交友も広く、人一倍姉思いだ。したがって意外に早く事の真偽を姉一葉に伝えることが出来たかもしれない。まして野々宮菊子を通して一葉を桃水へ紹介したのは他ならぬ邦子である。それだけに切歯扼腕の思いを禁じ得ない。

運命は自らの手で切り開くもの……とは言葉としては簡単だが、時には予期せぬ方向に展開して愕然となることがある。後で項を改めて詳述するが、もし、この「誤解」がなければ一葉の〝大音寺前〟転居があっただろうか。してみると名作『たけくらべ』が果たして生まれたであろうか――。いささか牽強付会の発想ではあるが、必ずしも一蹴しきれないものがあるのではなかろうか。

4　桃水が結婚したと誤解―「たみ子問題」の後遺症―

日々楽しいことの一つに「仕事」などへの達成感も自明のことであるが、また、人間関係がうまくいっていることを挙げることが出来よう。冒頭でも触れたが、これは言葉で言う程、単純ではない。

しかし、これを避けて通れないだけに事は深刻である。〝特効薬〟があるわけではないが、強いて言うと、先ず、相手の立場を理解することである。「理解」には知性と論理が必要になる。だが、人間、必ずしも論理だけで生きているわけではない。特に実態を離れた先刻承知の〝形式論理〟のみを振りかざし、自己満悦の輩には辟易することがある。

また、第三者から見れば噴飯ものとして一笑に付される問題でも、当人にとっては重大問題ということもあり得る。したがってこれが解決し、納得がいかなければ前へ進めないということも少なくない。したがってここでは論理は無力だ。極端な言い方をすると、人間は天使にも悪魔にも変身する〝取扱い注意品〟でもある。もっとも、これがあるから、「人間、三日会わざれば刮目して俟つべし……」の諺が生きてくる。ここに、人間個々人の可能性の譬え通り、一念発起して意識を変革した時は、三日前の人間と今日の人間は違うということから、逆に先入観、固定観念の危険性を指摘した先人の知恵であろう。そのため、相手の立場の理解に努めると同時に、さらに相手の心情を温かく包む愛情と豊かな人間性――そうして根底には乾いた言語空間ではなく、誠実をモットーにしたコミュニケーションの徹底及び中間報告への心がけが必要になる。しかし、現実は難しい。以上のことからも人間関係においては、一旦、歯車が狂うとこれを正常にするのは至難の業だ。

一葉は先の「鶴田たみ子問題」に追い打ちをかけるように、桃水が結婚したと誤解した。一葉は「萩の舎」のライバル、田辺花圃の斡旋により、『都の花』に『うもれ木』を書き、待望の原稿料十一円七十五銭を――つづく『暁月夜《あかつきづくよ》』三十八枚で十一円四十銭の収入を得た。明治二十五年九月十五日の日記に、「小説うもれ木出来上る。田辺君《ぎみ》に持参。途中より雨に成りぬ。車にて到る。同君《どうきみ》何方《いづかた》へか結婚の約整のひて、是よりは筆とり難き身と成らんとすとて物がたらる。」とある。この「何方へか結婚の約」は周知の通り三宅雪嶺である。また、花圃が一葉に対し原稿料収入の機会を与えた心づかいに加え、いま一つは家庭と文筆の二重性のため、文字通り「筆取り難き」状況になった。だが、『都の花』という発表誌を失いたくないというのもまた自然であろう。したがって、一時、発表の場を一葉に預け、余裕が出た時再び執筆の機会を希いつつ一葉への恩を含めた花圃の〝配慮〟があったと言えよう。

同十月二日、「田辺君《ぎみ》よりはがき来る。うもれ木一《ひ》ト先《まづ》都の花にのせ度よし。金港堂【注 『都の花』の出版社】より申来たりたるよし。原稿料は一葉【注 一枚】二十五銭とのこと、違存ありや否やと也。直に承知の返事を出す。母君《はゝぎみ》此《この》はがきを持参して、三枝君《さえぐさぎみ》のもとに此《この》月の費用かりに行く。心よく諾されて六円かり来《きた》り。そは、うもれ木の原稿料十円計《ばかり》とれるを目的《めあて》に也。此夜国子《(ママ)》、共に下谷ステーションより池のはた近郊《かいわい》を散歩《そゞろあるき》す」。ためらいもなく、いささか長い引用になったのは、一葉が自らの手で小説を書き続けながらも、なかなか原稿料収入には繋がらなかった。ここで初めての快挙、国子と「下谷ステーション～散歩す」からまさに欣喜雀躍、二人の笑みが彷彿と目に浮かび、思わず拍手を送りたい心情に誘われるからである。また、同時に、母多喜が、浅草で金貸業をしていた旧知の三枝信三郎へ早速、〝入金証明書〟持参して借用を申し入れる。平生は返金が遅れがちのため貸金を渋るのに、今回は収入確実のため「心よく諾され」、この月の生活費六円を……これらのことから一葉一家の生活窮乏と、待望の原稿料収入による喜びを現実感覚として受けとめて欲しいというのも理由の一つである。

明治二十五年十二月三十一日、「一日家《いちにちいへ》の中を掃除などして、日没前に何ごともなし終りたり。いざとて国子《（ママ）》と共に買物がてら下町の景気みに行く。（略）小川町の景気を眺め、三崎町に半井君《きみ》の店先を眺めぬ。『年わかき女の美くしく髪などをかざりて、下女にてはあるまじき振舞は、大方大人《うし》の妻君なるべし』と国子のかたる。大坂の例の富豪家《ものもち》の娘、大人《うし》に執心ふかしと聞きしが、持参金にて嫁入こしにあらずや。（略）いと、のどかなる大晦日にて、母君、『家を持し以来《より》、この暮ほど楽に心を持しことなし』とていたく喜こばる」。「大人《うし》の妻君」、「富豪家の娘」、「持参金」……何たる早計か――この人は先にも触れた桃水の従妹河村千賀子である。桃水が弟・浩とたみ子の子ども「千代」を引き取っての歳晩生活を気遣って掃除、片付けの手伝いに来ていた。一葉の胸中は「いと、のどかなる大晦日」などはあり得る筈がない。ダイレクトに桃水宅訪問には幾分、躊躇いがあったかも知れない。それは、小説原稿によって初めての収入が桃水ではなく、田辺花圃であることへの遠慮もあろう。だが、物心両面の援助者である桃水にとっても最大の関心事であったはずだ。一葉はもちろん、それを承知であればこそ自然に桃水宅へ足が向いたと言えよう。仮に店先の〝様子〟が如何ようであっても、先ずはその事の報告が社会人としての最低のエチケットである。だが、結局、一葉は桃水宅を垣間見ただけで踵を返した。ここにも、「たみ子問題」後遺症は依然として視界不良、回復の兆し無しと言わざるを得ない。

五　ライバル「田辺花圃」との関係

1　花圃との出会い

ところで、私たちの日常生活の上でその狙いは異なっても競い合うライバルの存在は貴重だ。視点を変えると目標の多様性はあろうが、ライバル視されない実態は寂しい。一葉にとって、先にも少し触れた「萩の舎」の姉弟子「田辺花圃」の存在は大きかった。花圃は櫻井女学校、跡見学校、明治女学校に学んだ後、さらに東京高等女学校専修科を出る。また柴田権之進に漢学を、伊東祐命に国学を、その他、三味線、琴等々幅広い教養を身につけ、やがて伊東祐命と同門の中島歌子の「萩の舎」へ入門し、その後、一葉を知ることになる。花圃の華やかな学歴にしても、家系にしても凡そ一葉の比ではなかった。それを花圃の父、田辺太一（蓮舟）について滝藤満義氏の調査から示唆を得れば、田辺太一は幕臣時代、学問所教授方出役、外国奉行調役組頭、さらに二度の渡欧経験をもつ旧幕臣で、清国代理公使や明治十五年に元老院議官、同二十三年元老院廃止後は貴族院勅選議員等、さらに後の事になるが、明治四十五年一月十六日付で正三位勲三等の叙勲を受けている。だが、この華やかな経歴も、後年、花柳界に出入りし、乱脈な生活様相で話題性も豊富であったという。

ついでながら触れると、研究者の中でも花圃を「萩の舎」の〝華族組〟といった表現を見かけるが、NHKのOBで兵庫県川西市在住の伊藤嘉朗氏の指摘によれば、田辺家は「華族名簿」に記載が無く、したがって間違いとの示唆を得た。早速、本学図書館の情報サービス係の渡部毅氏の協力により、『華族名鑑』（秀英社　明治35・10）、『華族別名鑑』（柴山典編　屏山書屋　明治16）、『昭和新修旧華族家系大成』（東京・霞会館　一九八二―一九八五）、『平成新修旧華族家系大成』（吉川弘文館　一九九六）『貴族院・参議院名簿　議会制度百年史』並びに各種人名辞典をも探索したが、該当する箇所は見当たらなかった。花圃の父が「元貴族院議員」ということから、つい、「華族」と錯覚しがちだが、「貴族院」は明治憲法（一八八九）の規程により、衆議院とならんで帝国議会を構成した。その議員の人的構成は皇族・華族・および勅選議員の三種からなっている。勅選議員はさらに三十歳以上で終身議員、七年任期の帝国学士院議員並びに多額納税者に分けられていた。そうして、これらは社会的最上層部、あるいは官僚層を、また、地主・資本家階級を代表していただけに、一葉と接触のあったころの花圃は父、太一が「藩閥政府内での不満から生活が乱れ、花柳界から『御前様』と呼ばれるような豪奢な生活」（滝藤氏）で荒れていたとのことである。

だが、いくら田辺家が凋落気味とはいえ、花圃は逆に過去の栄光とプライドを意識していたかも知れない。また、海外で客死した兄の一周忌の法要費用を『藪の鶯』の原稿料で賄ったことが「萩の舎」でも〝美談〟とまことしやかに語られていたと言う。これもよく引き合いに出されるところだが、それらの意味から「萩の舎」入門時の一葉を、花圃はオクターブを低く見ていたきらいがある。「萩の舎」

でたまたま寿司が出て、花圃の同伴《つれ》がその皿に描かれた蘇軾の『赤壁之賦』を見て、「清風徐来　水波不起（せいふうおもむろにきたってすゐはおこらず）と書いてありますね。」と花圃にいうと、それを聞いた一葉がその「赤壁之賦」の続きを茶を注ぎながら読みはじめたという。「一寸《ちょっと》、気取つたやうな風をして……。『おや変つた人だ』と思ひながら聴いてゐますと、とうくペラくと読んで了ひました。『知つてゐるにしても其麼《そんな》場合にペラくやり出さなくたつてい、に……。それでもまあ知つてゐるだけは感心だわね』などと、同伴《つれ》の婦人と話し合つた事でしたが、なにせよ其頃の夏子は才気が溢れて止められぬと申すやうな風でした」（『女学世界』〈女文豪が活躍の面影〉明治41・7）。このＴＰＯ（時・場所・状況に応じた表現）適否の問題があっても、このような自己主張や存在証明のアピール、パフォーマンスは今も昔も変らない。確かに時代は明治十年末、一葉は数えて十五～六歳、上流家庭子女の多い「萩の舎」ではいささか生意気の感ととれないこともない。だが、ここは一葉にとって上流社会への対抗意識から精一杯、己を鼓舞した意地と存在証明表現――そうして、そのようにせざるを得ない一葉を取り巻く環境に注目しなければならない。

また、先の同誌に、花圃は一葉を、「何でも才気の迸るに任せてやる」ことが多く、「人を一寸《ちょっと》から陥穽《はめ》て置いて、傍で見て笑つてゐるといふ風でした。後には漸々謙遜な風になつて参りましたが、其頃はまだ若うございましたので、鋭鋒の露《あら》はれるに任せたのでせう。」とも述べている。これはあながち一葉非難とは言い切れない。誰しも辿る一つの成長？・発達過程を衝いたとも言えよう。もっともこの追憶談話は明治四十一年、一葉歿後、十数年の歳月を経過している。世間の一葉評価の方向性もあろうし、その後、花圃の環境も変化している。したがってこの花圃談話を百パーセント受け止められないにしても、当時の一葉の一側面を衝いていることは間違いない。このように花圃と「萩の舎」で渡り合えるのも、本来の負けず嫌いもさることながら、歌会で常に一葉が高得点という客観的要因から見て、和歌の分野では遜色が無いといった自負も作用していると言えるのではなかろうか。

また、一部、前述した一葉の盟友、伊東夏子の『一葉の憶ひ出』を再度、紐解くと、一葉は「一つの問題に付き話が出た時、人の尾に斗付《ばかり》いてゐないで、独立した考へは、言ひましたが、生意気とか傲慢とか、物知りふるとか言ふ感じは、始めから全く無い人でした」。一方、「花圃女史は、三人【注 通称〝平民組〟一葉・伊東夏子・田中みの子を指す】に対し、自分の身分に、誇を持つてゐるような、詞《ことば》や態度が、感じられた事がありました。みの子さんと私は、心中に冷笑してゐましたが、夏子さんは、快く、思はなかつたらうと思ひます。』（略）『我々は書きにくい爵と云ふ字を書く面倒が無くていいね。』」の三人組の鬱噴奔出につづいて、一葉が「『三宅さんは大したお威ばりよ』と、言ひました。（略）『三宅雄二郎が何か、田邊太一が何かつてね』と、只それだけ聞きましたが、あとは聞かないでもい、思ひました。」に続き、また、一葉は『如才ない処もあり、とりまはしも上手、お世辞も上手に、云ふ事もありましたが、又一方、世渡りの下手なような処もあり、ぺこ〱頭を下げて有難がつて礼を言ふたり、師匠の事も讃めて、有難がつたり、金を借りた人に、返す事の出来ぬ、言ひ分《わけ》をしたりは決して、しませんでした。その為、花圃女史などは、樋口さんは、感謝の念の無い人だと言ふてゐました。又、金を貸した友達は、（大した金ではありませんが）かえさないで、あたりまえのような顔して、平気でゐると、余り好く思はれて、ゐませんでした』」。ここでいう「大した金ではありませんが」の部分は、伊東夏子が一葉へお金の都合は日常茶飯事であり、やはり、自分自身のことも重なるだけに言葉を選んだものと思われる。

以上のように、一葉がいう「百年の友」の伊東夏子談は、一葉自身は必ずしも自己の感情優先するタイプでないと一葉サイドに立って安堵感を誘いながらも、そうかと言って好ましい点の列挙だけではない。したがって花圃批判も含め、先の花圃談話を裏付ける素朴で忌憚なき硬軟自在な表白に、かえって彼女の人間性と信憑性を色濃く受け止めることが出来る。

2　対立者・ライバルへの愛着

話は飛躍するが、伊藤整の『雪明りの路』の序に、「この詩集の大部分を色づけてゐるのは北海道の自然である。北海道の雪と緑である～だから私の詩をよく解ってもらへるのは北国の人々だ。」と述べ、半年間の雪、吹雪との闘い、「硝子に出来る朝の結晶」に象徴される〝しばれ〟、「吹雪に暮れる家並」や、翌朝、「道もない夜明け」等々、厳しい冬の自然との共生をむしろ、いとおしみをこめた郷愁のやさしい眼差しが見えて来る。この記録は「大正十五年八月二十三日　緑深い故郷の村で」とあるが、その背景には、北海道を離れた東京生活体験から懐郷の念がにじみ出ている。もちろん現在は住宅構造の改良や道路対策の浸透などから「硝子に出来る朝の結晶」や「吹雪に暮れる家並み」、「道もない夜明け」等を実感することは少なくなっている。

　だが、ここ最近、アイヌ語で「地の果て」を意味する道東「知床」の漁師の家に育った若者が語った感動的談話を紹介する。それは都会志向で一度は郷里を出てみたものの、都会生活の味気なさから、やはり、果てしなく広がる海、背後に聳立する知床連山、さらに流氷の厳しさ、時には容赦なく牙を剥いて襲ってくる巨大な自然の猛威、其の中で命も落としかねない漁業の危険性を十二分に承知しながらもここで働く父親の背中に惹かれ、漁師を継ぐ事を決意して漁場へ――そこには、対立するが故の「厳しさ」への愛着、いとおしさ、「人間もまた自然の一部である……」といった自然との共生共存の念から醸し出される謙虚さ、これは言葉では表現しきれないものがある――と語ったのを厳粛に耳を傾けた事がある。

　いずれにしても、己と対峙する対象を意識すること事体、それへの関心度と内容にもよるが、やはり、それ相応のプレッシャーはもちろん、緊張感が極めて高いことはいうまでもない。これは先に挙げた自然も人間関係も基本的には変らないのではなかろうか。いささか脇道に逸れ、しかも牽強付会を省みなければならないが、先に述べたように田辺花圃が一葉への〝配慮〟は、「萩の舎」風紀刷新問題で、一葉が桃水を吹聴したことからこれをターゲットした中心が花圃、己は〝幸福〟な結婚といった後ろめたさなどが周辺に揺曳するとしても、ライバル的意識自体、一葉を評価していたからに他ならない。その意味から緊張感と充実した人生には、やはりライバルの存在は大きいと言わなければならないであろう。

六　「雪の日」の〝事件〟と一葉の虚像と実像

1　桃水の思いやり―一葉に原稿料収入のため同人誌を―

私たちは、日常性の中でも自然体を貫く事は難しい。そこには虚勢あり凋落ありで、これらはむしろ人間存在の証しというべきかも知れない。一葉の生活史の一つに「雪の日」〝事件〟がある。

話は前後するが、桃水は一葉を文壇へ――というより原稿料収入につながる方途として、同人誌『武蔵野』刊行を計画し、一葉にその計画説明と執筆依頼のため来宅を要請した。明治二十五年二月四日の日記によれば「早朝より空もようわるく、雪なるべしなどみないふ。十時ごろより霙まじりに雨降り出づ。晴てはふり〳〵ひるにもなりぬ。よし、雪にならばなれ、なじかは、いとふべきとて家を出づ。（略）平川町へつきしは、十二時少し過る頃成けん。うしが門におとづるゝに、いらへする人もなし。あやしうて、あまたゝびおとなひつれど、同じ様なるは留守にやと覚えて、しばし上りかまちにこし打かけて待つほどに、雪はたゞ投ぐる様にふるに、風さへそひて格子の際《きは》より吹入るゝ、寒さもさむし。たえがたければ、やをら障子ほそめに明て、玄関の二畳計《ばかり》なる所に上りぬ」。唐紙の奥に桃水の寝所があり、耳をそばだてると微かに鼾が聞こえる。とうとう一時になった。心細くなり、また、寒さのため度々咳が出る。その〝音〟に気づいて桃水が跳ね起き、「こは失礼と計《ばかり》いそがわしく広袖の長ゑりかけたる羽織き給へり。よべ誘はれて歌舞伎座に遊び、一時頃や帰宅しけん。夫《それ》より今日の分の小説ものして床に入しかば、思はずも寝過しぬ。まだ十二時頃と思ひつるに、はや二時にも近かりけり。など起しては給はらざりし。遠慮にも過ぎ給へるよとて大笑しながら、雨戸などくり明け給ふ」。長い引用になったが、後述の桃水談はもちろん、田辺花圃の述懐にいささか開きが見られることからその要衝になることへの布石である。

この文言をダイレクトに受け取ると、一葉は寒い玄関で二時間近く耐え、桃水が起きるのを待ち続けた事になる。桃水は慌ただしく車井戸の綱を手繰り、火桶に火起して湯沸しに水を入れて来る。一葉は「みるめも侘しくて、おのれにも何か手伝はし給へ。（略）先づこの御寝所《おねどこ》かた付《づ》けばや」といってたたもうとすると、桃水は、「いな〳〵、願ふ事はなにもなし。それは其儘に置給ひてよと迷惑げ」に言われると一葉もこれ以上、出過ぎてはと、結局、何ら為すすべもなく拱手傍観せざるを得なかった。そうして桃水自慢のお汁粉をご馳走になりつつ、同人誌刊行計画と十五日までの原稿執筆を要請される。「尤《もっとも》一、二回は原稿（ママ）無料《ただ》」であっても、「少し世に出《い》で初《そ》めなば、他人はおきて先づ君《きみ》などにこそ配当いだすべければなど、くれ〴〵もの給ふ」。この一言でも桃水は一葉を文壇はもとより、原稿料収入によって生活好転への心配りを読み取れる。

桃水が引き止めるのを固辞し、「白がい〴〵たる雪中、りん〳〵たる寒気ををかして帰る。中々におもしろし。ほり端通り九段の辺、吹かくる雪におもてもむけがたくて、頭巾の上に肩かけすつぽりとかぶりて、折ふし目計《ばかり》さし出すもをかし。種々の感情むねにせまりて、雪の日といふ小説一編あまばやの腹稿なる。家に帰りしは五時。母君、妹女とのものがたりは多ければか、ず」。菅聡子氏は「この場面に、読者である私たちの〈一葉の恋〉に対する過剰な思い入れを投入するのは危険である。この帰り道に一葉をとらえた『種々の感情』は、『雪の日といふ小説』を書こう、という思いへと収斂している。自らの感情も対象化し、それを〈書くこと〉へと収斂させる。ここにいるのは、自らの印象深い時間の終わりに『小説一篇あまばや』と発想する、一人の作家なのである。」（『時代と女と樋口一葉』日本放送協会一九九九・一）とサゼストしている。さらに、「『かの雪の日』が、二十四年の一葉の短い人生において、もっとも思い出に残る一日であったことは疑いようがない。しかしそれは、恋の自覚の苦悩のなかで——そしてそれは喪失という現実によって、より純化されていったに違いない——徐々に大きな意味が加えられていった」（同上）と述べ、続いて「雪の日」当日の日記を紹介し一葉の胸奥と執筆姿勢に迫っている。

ともあれ、この意気軒昂、充実感は一年前の六月十七日、桃水宅からの帰途、「み返れば、西の山のはに日はいりて、赤き雲の色の、はたてなどいふにや、〜沈みし心も引き起こすべくなん。秋の夕暮れならねど、思ふことある身には、みる物聞くものはらわたを断ぬはなく、ともすれば、身をさへあらぬさまにもなさまほしけれど、親はらからなどの上を思ひ致れば、我が身一つにてはあらざりけりと思ひもかへしつべし……」の意気消沈、はたまた自殺衝動とは雲泥の差である。

もっとも、この部分については、一葉が持参した小説原稿について桃水から「当面売物にすることが難しいと見て六月十七日にかなり立ち入った助言を与えたようである。その言葉が一葉にとって苦しいものであったことは、その日の日記の思いつめた文章でわかる。」（野口碩『樋口一葉全集』第三巻(上)補注　筑摩書房　昭和51・12）の指摘はその通りであろう。

また、一葉にとってこの衝撃的体験の文章化について関礼子氏は、多くの「雅語的表現」の中で、特に「身をさへあらぬさまにもなさまほしけれ」の部分に着目し、「一葉はこの時自己にとって最も重大な事柄に立ち入るのを回避して、伝統的な雅文体による風景描写に託して気分の『内幕』ともいうべきものを朧化表現のうちに実現しているのである。」（『語る女のたちの時代』新曜社一九九七・四）と述べている。日記は自己と向き合うだけ、その苦衷の再現には躊躇が伴う。「この不協和音こそ『語る主体』の生成において一度は経過しなかればならない意気深い軋みであったのである。」（同上）等、他の要因も含め、その緩衝的表現への視点から啓発されることが極めて多かった。ともあれ、『武蔵野』は三号で廃刊を余儀なくしたが、原稿料収入はともかく、『闇桜』、『たま襷』、『五月雨』等を通して一葉を世に送り出した桃水の配慮と功績は特筆に価する。

2　一葉「萩の舎」で〝雪の日〟を吹聴

だが、この一葉の張り切りように問題が介在した。それは後日談であるが、花圃並びに桃水談――いずれも当日の一葉日記とは懸隔があり過ぎる。まず、花圃の談からみる。「男子との交際は沢山ありましたが、まあ皮肉評する方が多くて、恋に落ちた事は遂になかった様です。半井桃水とはよく往来がありました。そして半井半井とよく噂が口に上りました。私此間の晩に行つたら、半井さんが臥《ね》てゐたとか何《どう》とかで、私蒲団をもう一枚懸けてやつたとか何《どう》とか、そんな事をずん〳〵話すのです。『貴方そんな事を滅多《めった》に話すものぢやありません。人に何とか言われますよ』と申した事でしたが、誰にでも半井さんの噂をずん〳〵するものですから、果たして評判に上りました」（『女学世界』〈女文豪が活躍の面影〉明治41・7）。これは一体、どういうことか。

では、桃水へ視線を移してみる。「或冬の事でありました、武蔵野の編輯に夜を徹して朝九時頃から眠りますと、忽ち大雪が降出して、午後の二時には凡そ四五寸も積りました、疲れ果して眠《ね》て居ながら、不図《ふと》微《かすか》かな咳嗽《せきばらひ》の声に目を覚し、次の間の襖を開《ひら》けば、火の気のない玄関に、女史が端然と坐つて居られた、何時お出でになつたと問へば、十時過に上りましたが、好く御寝《おやすみ》なつて居らつしやるので、お待申して居りました、実は少々伺ひたいことがあつてと言れて、時計を見れば既に二時過。女史は殆ど三四時間、寒たい玄関に待たれたのである、慌《あわただ》しく坐敷に請《しょう》じて、扨《さて》来意を問ふた処、女史は屢々《しばしば》言よどんだ末『何だか可笑《をかし》くて申出《まうしだ》しかねますから今日は此の儘《まま》お告別《わかれ》致しませう』と言て雪の小降になつた頃、菊坂に帰られた、一切不得要領だ」（『中央公論』明治40・6）。前項同様、このくい違いをどのように考えるとよいのか。

さらに、桃水の談話から一葉の〝来意〟を見れば、「其の翌日手紙を送り（ママ）、昨日伺ひに出た事は外でもない、今度開進（改新）新聞に書けとあつて、趣向をお示し下された内心中《うちしんじゃう》をする事がある、全体情死をする心持は何《どん》なものであらうか、夫《それ》を聞たいといふ難問、私とても情死の経験はないから、何ういふ心持であるか、夫《それ》をお答へする事は出来ぬ、唯斯《ただこ》んな人間が斯うした義理に迫つたなら、如何《いか》さま死ぬ気になるであろうと、読者に思はせれば好いのである、近松でも馬琴でも豈夫《あにそれ》情死の経験はなかつた筈と答へました」（前記『中央公論』、句読点原文ママ、ルビは木村）。

この三者の開きは一体、何か。確かに一葉の日記は若い女性のロマンであり、フィクション——は従来も言われてきた。一方、花圃にしても桃水にしても、そこには歳月の経過による記憶の風化と現在の置かれた環境や立場を視野に含む必要ある。それにしても余りの距離があり過ぎる。

3　桃水・一葉との初対面時の食い違い

関連してデータの食い違いによる解釈の相違と、その吟味の必要例を挙げる。それは先にも一部分触れたが明治二十四年四月十五日、一葉が野々宮菊子の紹介で初めて桃水を訪問した時のことである。これを桃水の談話（『中央公論』明治40・6）から見よう。

私が樋口さんと相識《し》つたのは、慥か明治二十三年頃であつたと思ひます。（中略）或日曜の午後社も学校も休みなので家内中打揃つて菓子を喰ひ茶を飲み、頗《すこぶ》る賑かであつた時、遠慮がちな低声で誰やら音訪《おと》ふ者がありました、執次《とりつぎ》に出た妹に伴はれて玄関から、しづ〳〵と上つて来たのが、樋口夏子さん、恰ど時候も今頃で袷《あはせ》を着て居られましたが縞がらと言ひ色合と言ひ、非情に年寄めいて帯も夫《それ》に適当な好み、頭の銀杏返しも余り濃くない地毛ばかりで、小さく根下りに結つた上、飾りといふものが更にないから大層淋しく見ました、孰《どち》らかと言へば低い身であるのに少しく背をかゞめ、色艶の好くない顔に出来るだけの愛嬌を作つて、静粛に進み入り、三指で畏《かしこま》つてろく〳〵顔も上ず、肩で二つ三つ呼吸をして低音ながら明晰した言葉使ひ、慇懃な挨拶も匆論遊ばせ尽し、昔の御殿女中がお使者に来たやうな有様で、万に一つも生意気と思はれますまいか、何《どう》したら女らしく見るかと、夫《それ》のみ心を砕かれるやうでありました、私を始め弟妹も、殆んど口を酸ッぱくして、坐蒲団を勧めたが、とう〳〵夫《それ》も敷《しか》ず仕舞、二時間ばかり対話した為不行儀な我々は膝も足も折さうに覚えました、是程苦《くる》しい思《おもひ》をして、二時間も対坐しながら、用談らしい用談もなく立帰つた夏子さんは、数日の後野々宮女史を介して私に申込まれた、自分は小説を書て見たい、是非書かしてくれいといつて四五日の後夏子さんは、仕立もの、残を持て、私の宅へ参られました……」（句読点原文ママ、ルビ　木村）。

随分、長い引用になったが、臨場感への認識と、さらに一葉日記との余りの距りをどのように見るとよいのかという疑問提示のためである。まず、冒頭の一葉初対面を「明治二十三年頃──」は歳月の経過からも了解出来る。だが、次の「或日曜の午後」、これは違う。一葉の日記では、妹幸子《こうこ》が「兄はまだ帰り侍らず、今暫く待給ひね……」の方が事の真実に近いとみるのが自然であろう。そうして、以降、一葉の着物から飾りの無い髪等は詳細に記録されている。この部分はある程度、納得しても、先にも記したように、日記では夕食までの歓待や車の配慮に一葉は、「君がくまなきみ心ぞへの車して、八時といふ頃には家に帰りつけり。」と感動の余韻並びに時刻までの表示がある。これが二時間、座布団も敷かず仕舞いとか、用談らしい用談も無く「数日の後野々宮女史を介して」小説の手ほどき云々はどういうことか……。

まだある。桃水の談話の続きに、初対面から四・五日後、一葉は桃水と面談した時、小説執筆は不賛成、それは「男子ですら小説なぞを書く時は、さも〳〵道楽者のやうに世間から思はれる、況んや御婦人の身で種々の批難を受るは随分苦しい事であらう、且つ貴嬢の体質も余り強い方とは認めぬ、願はくは他の方面に、職業をお求めなさい……」と説得した点は「四五日の後」は別として、小説執筆反対の部分は一葉の日記と合致する。勿論、田辺花圃が「藪の鶯」で三十三円二十銭を得た事実が一葉の意識に巣くっており、さらに花圃に出来たことが自分に出来ない筈は無いという一葉独特の負けず嫌いと無鉄砲さ、はたまた「女戸主」として一家扶養の責任感も支配し、桃水の説得には簡単に応じ得ない一葉であった。

さすが桃水も、「左程までのお望ならば、先づ試みにお書なさい、其の上で紅葉さん外諸大家にもお紹介しませう……」。ここで「紅葉」が登場するのは時系列的にも不自然があるが、それはともかく、先の「雪の日」といい、初対面の経緯にしても資料の吟味は重要である。以前、民放で一葉を扱った時、時間の関係か一葉日記を取り上げず、桃水談話のみを紹介したことがあった。一葉研究者のひとりとしても、やはり、気がかりであっただけに、自戒を含め、他のデータとの照合分析確認を強調しておきたい。

4　一葉・虚像と実像の背景

再び、「雪の日」に戻そう。三人の言葉、表現の信憑性を吟味することは当然としても、先ず、一葉日記はかなり事実に近いと見てよいのではなかろうか。何故なら、一葉及び桃水の言動に敢えて隠蔽、虚構化の必要性が全く見当たらない。では、花圃発言を一葉誹謗と見るべきか。その点では否であり、これも多分、事実に近いと見て間違いない。では桃水はどうか。一部は事実として一葉日記と重なるが、『武蔵野』編輯や、「この儘お告別……不得要領」は記憶の相違と、新しい家庭構成等々による幾分、意図的発言と、とれないこともない。

では、一葉はなぜ「萩の舎」で花圃発言に象徴される言辞を弄したのか。それは事実でない事への安心感からライバル花圃らを意識しての精神均衡保持のための虚勢的発言ではなかったか。一例を挙げると、花圃文壇推挙はその時代を代表する坪内逍遙。また、花圃の家柄、そうして学歴等々は一葉とはおよそ均衡の対象には成り難い。しかし、これは理屈では納得しても心情面では相容れないのが人間というものだ。したがって先方に存在しない一葉優位的素材を模索した。その対象が独身でハンサム、心やさしく総てにわたって気配りが行届く桃水。つい、〝おのろけ〟よろしく虚構的吹聴を結果したのではあるまいか。

度々繰返すが、一葉はすでに触れた己の意思とは無関係に発生した「女戸主」としての制約と責任、対人間関係においても相手と対等に渡り合う事の難しさ――そこには自ずと虚勢や力みは生きるための方便としていや応無く対処せざるを得無かった筈だ。ここにも虚像と実像に揺れ動く一葉の孤影が浮き彫りされて哀切の余韻が耳を衝く。

5　桃水が一葉を紅葉紹介の労

ところで、世にいう〝同人誌の三号〟の譬えに逆らえず、一葉への精魂の誌『武蔵野』も三号で閉じざるを得なかった。今日、関係者の努力で『武蔵野』の復刻版が出たが、その現物が「一葉記念館」に資料として展示されている。さらに二号以下の題字は桃水の要請により、一葉の筆によるだけに往時を想起して心情の起伏を余儀なくされる。

先にも述べたが、桃水は「仁慈と義侠の人」といわれるように、限りなくいい人である。「たみ子問題」に対し一葉が誤解を続けている事を知る由もない桃水は、己れを水面下へ押しやりながら、ライバル紙『読売新聞』の尾崎紅葉へ一葉紹介を漕ぎ着けた。二十五年六月七日の一葉日記に、「実は君が小説のことよ。さま〴〵案じもしつるが、到底絵入の新聞などには向き難くや侍《はべ》らん。さる、つてをやう〳〵に見付て尾崎紅葉に君を引合《ひきあは》せんとす。かれに依りて『読売』などにも筆とられなば、とく多かるべし。又月々に極めての収入なくは、経済のことなどに心配多からんとて、是《これ》をもよく〳〵計《はか》らはんとす。されど夫《それ》も是も我は日かげの身、立出《たちいで》何事かなし得べき。委細畑島《ゐさいはたじま》にいとよくたのみて、それが知人より頼み込せし也。此《この》二日三日のほどに君《きみ》一度紅葉に逢《あひ》ては見給はずや。もし其時に成《なり》て、『他人に逢ふはいやなり』などいはれんがあやふくて、先《まづ》この事を申《まをす》也との給ふ」。それを聞いた一葉も「何事のいなか有《ある》べき。いと、辱《かたじけな》しといふ」。

桃水は「我は日かげの身」、つまり、ライバル紙の関係から表面には出ることが出来ない。そのため、文学仲間でやはり『朝日新聞』社会部記者の「畑島桃蹊」を使い、さらに知人で紅葉門下生の俳人「星野麦人」を介して紅葉へ——という手の込んだ斡旋である。それだけに「もし其時《そのとき》に成《なり》て、他人に逢ふはいや」と言われては、桃水はもちろん、仲介者の面子丸潰れになる。桃水がこのように確認したのにもかかわらず、結果的には桃水の予感が不幸にして適中してしまう。

6 伊東夏子から桃水との断交勧告

世に「三日の違い」という諺がある。これはまさにタッチの差で幸運のチャンスを逃がした事への痛恨的心情をいう。また、世の中で人の〝就職斡旋〟——これも難しい。桃水が水面下で苦心惨澹の末、周到な対応を続けてようやく一葉を『読売』と言うより、当時、文壇の大御所「尾崎紅葉」〝門下生〟実現の可能性にまで漕ぎ着けた。これは伊達や酔狂では出来ることではない。

ところが、「三日の違い」を地で行くように、紅葉門下生一葉の可能性は消滅した。一葉は桃水から紅葉の件を聞かされた時は日記にもあるように、まさに欣喜雀躍の体であった。十二日、中島歌子の母幾子の「御霊祭《みたまつり》」、「十日蔡」に出席した。ここで、一葉一家の生活を支え、時には母妹にも言えない愚痴や心の悩みも素直に耳を傾けてくれた〝イ夏ちゃん〟こと、伊東夏子が一葉を別室に呼んだ。

伊東夏子は声をひそめて、「君《きみ》は世の義理や重き、家の名や惜しき、いづれぞ。先づこの事問《とは》まほしとの給ふ。」——質問の意味がいささか抽象的なのは一葉が日記記録時にアレンジしたとも考えられるが、これに対し一葉は、「いでや世の義理は、我がことに重んずる事也。是《これ》故にこそ幾多の苫をもしのぐなれ。されど家の名、はた惜しからぬかは。甲乙なしといふが中に心は家に引かれ侍《はべ》り、我計《わればかり》のことにもあらず、親あり兄弟ありと思へば……」と一葉は答えている。（明治25・6・12）。

ここまでは何か禅問答の印象を否めないが、本旨は次にある。「さらば申す也。君《きみ》と半井ぬしの交際《つきあひ》断給《たちたま》ふ訳にはいかずやといひて、我おもて、つと、まもらる」。一葉はこれに対し、「いぶかしふもの給ふ哉」と伊東夏子の質問の意味が理解出来ない疑念について述べる。つづいて、「されど今日は便りわろかり。又の日其訳《ひそのわけ》申さん。其上にも猶《なほ》交際断がたしとの給んに、我すらうたがはんや知れ侍《はべ》らずとて、いたく打《うち》嘆き給ふ」。心の友、伊東夏子の勧告宣言は一葉にとって一大ショックであった筈だ。人々帰りて後、とはいえ、一葉は、「何事とも覚えねど、胸の中にものた、まりたる様にて心安からず。この事計思《ことばかりおも》ひぬ」。

先の〝雪の日〟問題が花圃談話に象徴されるように、「萩の舎」でさらに尾ひれがつき、噂に勢いがついて独り歩きしてしている事を当人の一葉が気づかない。そのため、一葉を最も案じる伊東夏子がたまりかねて桃水との絶交を勧告したわけだ。だが、残念な事に日記にも示されるように、「何事とも覚えねど……」はおそらく、この時点では一葉の真意であったろう。

7　師・中島歌子の決定打―一葉・桃水との断交宣言―

つづく十四日、師匠の中島歌子に呼ばれて桃水の事に及び、「師の君《きみ》、不審気《いぶかしげ》に我をまもりて、扨《さて》は其《その》半井といふ人とそもじ、いまだ行末の約束など契《ちぎ》りたるにては無きやとの給ふ。こは何事ぞ、行末の約はさて置て、我いさゝかもさる心もあるならず。師の君《きみ》までまさなき事の給ふ哉と口惜しきまでに打恨めば、夫《それ》は実《まこと》か〳〵、真実、約束もなにもあらぬかと問ひ極め給ふ。〜実はその半井といふ人、君《きみ》のことを世に公《おほやけ》に妻也といひふらすよし、さる人より我も聞ぬ。おのづから縁《えに》しありて、足下《そこもと》にも此事ゆるしたるならば、他人のいさめを入るべきにも非ず。もし全く其事なきならば、交際せぬ方宜《かたよろし》かるべしとの給ふ。」といった師の話を聞き、一葉は「我一度はあきれもしつ、一度は驚きもしつ。ひたすら彼の人にくゝ、つらく、哀《あはれ》潔白の身に無き名おほせて、世にしたり顔するなん、にくしともにくし。成《な》らば、うたがひを受けしこゝらの人の見る前にて、其《その》しゝむらをさき、胆《きも》を尽くして、さて我心の清らけさをあらはし度しとまで我は思へり〜明日はとく行て半井へ断りの手段《てだて》に及ぶべしなど、師君にも語る。臥床《ふしど》に入れど、などかは寝られん」。

中島歌子は一方的に決め付けることなく、一葉本人の意思を充分に斟酌した硬軟両側面からの忠告は総て筋が通っている。歌子を介しての桃水の言動に一葉は逆上するが、その中で桃水が一葉を「公に妻」云々の〝情報〟入手先は定かではない。だが、一部、思い当たるところは、既に触れた二月四日、例の〝雪の日〟の折のことだ。桃水は一葉に自慢のお汁粉をご馳走するため、隣りに鍋を借りに行った時、「とし若き女房の、半井様、お客様か。お楽しみなるべし。御浦山《おうらやま》しうなどといふ声、垣根一重《ひとへ》のあなたなれば、いとよく聞ゆ。イヤ別《べつ》して楽しみにもあらずなどいふは、うし也。先頃仰《おほ》せられし、あのかたかと問はれて、左《さ》なりといひたるま〻、かけ出して帰り来たまへり。」の箇所が想起される。

一葉が小説執筆の打ち合せとはいえ、ハンサムで独身の桃水と度々二人きりでの会合は、当然の事ながら近所でも噂が広がる事は充分考えられる。したがって、「先頃仰せられし……」は想像の域を出ないが、「とし若き女房」から鍋を借りることが出来る好ましい隣人関係であればあるだけに、桃水は一葉をどのように説明していたのであろうか。歌子談話と強引に符合させる事は軽率の謗りを免れないが、近く結婚？……と仮に口実化して妙な噂の拡大防止をしていたとしても不思議でない。

問題は一葉が隣家の女房談を日記に書き付けていることだ。それは、歌子のアドバイスからは自己反省の片鱗は見られず、内実はともあれ、ここでは一方的に桃水への激怒連発である。これはやはり、一葉自身にもその責めがあることを薄々気づいていただけに激しい自己嫌悪に苛まれからではなかろうか。平常は伊東夏子にその捌け口を求めるところ、この度は桃水絶交勧告の当事者でもある。一葉はもって行く場のない思いを、結局、乱暴な言い方であるが、これを日記の中にぶちまけたのではなかろうか。一葉の場合、まさに「家族無き家庭」でもあった。二十歳の娘・一葉の孤独的心情――それは「臥床《ふしど》に入《い》れど、などかは寝られん」が如実にこれを物語る。

8 一葉の墓穴―「紅葉」門下生不成立―

一葉は事の行きがかりから歌子に、「明日はとく行きて半井へ断りの手段《てだて》に及ぶべし……」と啖呵をきってしまった。もう退路は断たれたのも同然である。したがって翌十五日、重い足取りに勇を鼓して桃水宅へ赴く。説明に窮した一葉は、中島歌子から手伝いを要請され、これを無碍に断り難く「とし月の恩といひ、義理はくろがねの刃《やいば》も立《たた》ず。今しばらくは手伝ひ居《を》らんとす。」と虚言を弄し、「いつぞや仰給《おほせたま》はりし紅葉君《ぎみ》のことも、何も、先え寄りの事ならずば、折角《せっかく》御目《おめ》通りしてからが、筆も取りがたくは其《その》かひあるまじく、お前様へ不義理にも成《なり》り申《まをす》べし。この事申さんとて、今日はいさゝかのひまもとめて参りつる也といふ。」――当然のことであるが桃水は困惑の体。「それは困りたるもの也。尾崎の方も万々《ばんばん》話しと、のひて、いつにてもあれ御目にかゝらんといふとか。明日にも手紙にて、君に其《その》通知せんと思ひしを、今に成《なり》て断《ことわ》りもいひ難し。いかにぞや、筆とることはとまれ、一度対面丈《だけ》なし置給はずやといふ。さりながら、御目通《おめどほ》りせし上にて、筆取り難しといはゞ、何の甲斐もあるまじ。我も色々心にかゝる事ありて物がたりには尽し難けれど、こゝにかしこに、いともうるさく身を責《せむ》る頃なればといふ」。

既に多くの人を介して一葉を紅葉面談にまで運んだ桃水には、この一葉変身は晴天の霹靂だ。次善の方途としてせめて一度、紅葉との面談要請は自明の理である。片や一葉にしてみれば、歌子発言の真偽軽重はともあれ、恩義ある桃水を前にして、昨日の「萩の舎」の一件を持ち出すことも出来ない。背腹に問題を抱え、まさに進退窮まる一葉の姿が彷彿される。このような難問中の難問事例は、現実生活でも決して少なくはない。それだけに当事者としての窮地は想像を絶するに余りある。本書、冒頭に、一葉は短いながら「萩の舎」という特殊集団での苦悩の体験は今日にも充分に重なると述べた。これはまさにその一例といえよう。

桃水は一葉の心にかかる物語り、そうして「うるさく身を責むる云々」を善意に捉え、「さらば先兎《まづとに》角《かく》、師の君【注　中島歌子を指す】に打明し給へよ。いつまで包み給ふとも、かくしおほせらる、にもあらじ。其上《そのうへ》にてよき考案《かんがへ》つけらる、ぞよき。こ、かしこに義理だて計《ばかり》し給ふとも、家計のことなどもあり、心を労し給ふほど人は察し申間敷《まうすまじき》になどかたらる。」と、心に沁みる桃水のアドバイスである。

現在、背負い込んでいる問題を全部吐き出すと、どんなに気持ちが軽くなるか。それを重々承知しながらも表現出来ない一葉の苦衷——さらに一葉一家の「家計」まで桃水の心くばりが逆にジレンマとなって苦悶に追い込んだ。当然、一葉は、「常ならましかば、いか計《ばかり》嬉しと聞く言《こと》の葉《は》ならむ。今日は何となく上《うは》の空也《そらなり》」。桃水は一葉を慰めようと、世間話しをするけれど、「何事ぞ聞きも入られず」として退出せざるを得なかった。

一葉は桃水の前で、必ずしも日記に書かれているように話したとは思いにくい。日記は多分、自己納得したいがための過剰表現であろう。その証拠に、「少時《しばし》にて小石河《(ママ)》に帰りぬ。今日のあらましもの語りなどして、師の君《きみ》よりさし図うけて、半井君《ぎみ》のもとへ文を出す。」とある。一葉は桃水のアドバイスをも含み、中島歌子へ桃水面談を報告し、合わせて指図を受けたことが分る。さらに十六日、「田辺君参り合て種々《さまざま》もの語りす。半井君の事をいふ。此方《こなた》の縁を断ちて更に『都の花』などにも筆を取らんといふ相談《はなし》也」。このことからも原稿料取得の実績上、心の奥底に鬱積する思いを封じ込め、生活の現実打開の方途として花圃に懇請せざるを得ない一葉を想像し、胸が痛む思いを禁じ得ない。

また、十七日、〝平民組〟のひとりである田中みの子にも、「半井君のものがたりす。打ち笑みながら聞居《きき》て、半疑の姿いとよく見えぬ。」から、みの子は微笑をもって耳を傾けてはくれたものの、内実は半信半疑の様子が見え、一葉、苦境の様相が伺える。そうして、十八日、事前に連絡しておいた伊東夏子が来る。「百年の知己にて何のかくすべき事もなくて、思ふまゝかたり、思うまゝに無実を訴えて、君のみは実《まこと》にや受給ふと嬉し。」――ここに三者三様の人間模様が浮き彫りされている。そうして、やはり、なんと言っても伊東夏子は、一葉自身が日々の生活方途、桃水とのスキャンダルから「萩の舎」での孤立等々、一葉が途絶えることの無い葛藤の連続を真剣に受けとめてくれる。したがって、ひとり〝金づる〟だけでなく、真底、一葉の心の友であったことが救いである。

9 「雪の日」の深淵と「萩の舎」での〝苦界〟

ところで「萩の舎」での一葉・桃水の〝スキャンダル〟の意味するものについて関礼子氏の創見に

彩られるユニークな論考から多くの示唆を得た。その一部を紹介すると、一葉・桃水の師弟関係はその「両者の関係を断念させた萩の舎での桃水問題の艶聞化なども見方によれば、女性の表現者共同体による、男性検閲者桃水の排斥という面をもつように思われる。『世の聞えもよろしからず才の際なども高しともなき人』（『日記しのふくさ』明治25・6・14）ということばに象徴される萩の舎社中の桃水観は、ジャンルの検閲者にたいする女性表現者たちの矜持のあらわれということができる（略）」。そこでは「一葉が最も失うことを恐れ、桃水への義理や情を犠牲にしてまで守らなければならないと思ったのは、このような女性表現者のひとりとしての矜持でありアイデンティティであった。」（『語る女たちの時代』新曜社　一九九七・四）と正鵠を衝く。やがて一葉は桃水の文学手法レベルを越えていくことのなるが、ここに引用された「萩の舎」社中の桃水評価は、関氏も別項でも述べているように、少なくともこの時点における一葉の桃水観でないことはいうまでもない。

一葉に限らず、人間関係を円滑に保ち、日々、さわやかに生きるためには絶えず周辺へのアンテナを張りながら目配り、気配り、思いやりを無視するわけにはいかない。だが、そうはいうものの日常に於いても二者択一は日常茶飯であり、苦渋の選択、時には立場上、泣いて馬謖を切らざるを得ない事も少なくない。だが、その対象者は自明なことながら、当事者の精神的余震は避けられない。

確かに一葉の「雪の日」の一節は関礼子氏がいう「一葉の恋愛史上の頂点をなす記念的記述」（前記同書）であることは間違いない。しかし、当人にとって、我が身を大きく支配していたものを、心ならずも切り捨てなければならない時の勇気は並大抵ではない。いつか、その修復を願うのもまた、人の情というものであろう。一葉は桃水断交を「萩の舎」の関係者へ報告後、その冷却状況を見合いながら、全貌はともかく、一往、事の顛末を苦衷をこめて桃水に報告している。この行為をダイレクトに捉えて両天秤と批判も無くはないが、これは二十歳前後の一葉には酷というものであろう。

10　紅葉面談の断りを手紙でも

一葉は、伊東夏子や中島歌子の勧告により、紅葉面談の断りの手紙を書いた。では、その手紙の内容はどのようなものか。これも先の桃水談話「一葉女史」（『中央公論』明治40・6）によれば、「紅葉山人を始め諸大家に紹介する事は予じめ承諾も得て置きましたが、女史より手紙をもつて、左の通り申《まうし》遣《つか》はされたので、その儘《まま》になりました」。その手紙とは、

梅雨のならひなめれど兎角に晴間のすくなき頃にて御籠居《ごろうきょ》のおんつれ〴〵さこそと推《おし》はかり候扨《さて》とや此の程より御心切（ママ）に仰《おほせ》いたゞき候ひし尾崎様其の外御目通のこと実は少し事情御座候て唯今の処御男子との御交際は願ひ難き折からゆゑ折角の御心入れに背《そむ》き候こと不本意ながら悪《あし》からず御酌《おくみ》取《と》り畑島さまへの御詫《おわび》一重《ひとへ》に願上候参上可申上ながら夫《それ》も心にまかせず先《まづ》は右まで　あら〴〵かしこ（ルビ　木村）

桃水が一葉の窮状を察するに忍びず、苦心惨澹の末、ようやく紅葉への紹介に漕ぎ着け、一旦、承知をしながらの断り文にしては、いささか紋切り型で味気なさを否定できない。だが、桃水は先の談話

で、「畑島さまへとあるは桃蹊子《とうけいし》が女史の為尾崎氏其の他へ駆廻つた為であります。此の手紙は女史の死後紅葉山人へ贈りました処大変に喜ばれました。」とある。ここにも、歳月の経過が事の内実を風化させていることと、一葉歿後、文壇での高い評価を想定することができる。

11　桃水へ「萩の舎」での〝醜聞〟を報告

だが、つづく同六月二十二日の日記に、桃水から借りていた書物を返し旁々、「萩の舎」での〝スキャンダル〟を桃水に伝え、交際を継続することが困難の理由を記している。十五日の桃水訪問は桃水との〝断交〟というよりは、紅葉との面談辞退が中心であったが、この日は歌子を始め花圃、田中みの子、伊東夏子らから桃水との断交勧告に焦点を置いての報告ではなかったのか。そうして一葉は既に関係者への報告済みから幾分、気が楽になったのであろうか、それとも伊東夏子あたりから桃水へ事実報告のサゼッションでもあったのか、かなり長文の記載なので、その一部を記す。

申さで叶《かな》はぬ事ありて、かくは参り来《き》つる也といふ。君《きみ》、何事ぞ〳〵と問ひ給ふ。いでや我が上の事のみならず。君様《きみさま》の御名《おな》もいとをしくてなん。実《じつ》は、我がかく常に参り通ふことといかにしてもれにもれけん。親しき友などいへば更に、師の耳にもいつしかいりて、疑はるゝ処かは、君《きみ》様《さま》と我れ、まさしく事ありと誰も〳〵信ずめる。いひとかんとすれば、いとゞしくまつはりて、此《この》無実の名《な》晴るべき時もあらじ。我身だに清《きよ》からば、世の聞えはゞかるべきにも非ずとおもへども、誰は置きて、師の手前是《これ》によりてうとまれなどせられなば、一生のかきん【注　瑕瑾、傷のこと】に成《なる》べき、それ愁《うれ》はしう、と様《ざま》かうざまに案じつれど、我《われ》、君《きみ》のもとに参り通ふ限りは人の口ふさぐこと難《かた》かるべし。依《よ》りて今しばしのほどは御目にもかゝらじ、御声《おこゑ》も聞《きか》じとぞおもふ。其《その》ことを申さんとて也。

つまり一葉は「萩の舎」での桃水と一葉の関係を歪曲して噂され、無実を誰も信用してくれない苦衷を桃水に訴えたのである。

この一葉の声涙ともに下る述懐に対し、桃水も天を仰いで、「さる事成《ことなり》しか、さること成《なり》しか。我は又勘違ひをなし居《ゐ》たり。お前様《まへさま》、余《よ》の男子《をのこ》に逢ふはいや也とつねぐ〱仰《おほ》せられしかば、紅葉に対面うるさしとて、夫故《それゆえ》の御《お》と絶《だえ》か……」と、一葉の心情に思いを及ぼしながら、しかし、誰が一体、そのような事実でない事を流したのか。結局、もとをただせば自分が悪いと謝罪するが、一葉も、「世にさまぐ〱にいひふらしたる友【注　野々宮菊子を指す】の心もいかにぞや。信義なき人々とはいへ、誠《まこと》そら言計《ごとはか》り難きに、夫《それ》をしも信じ難し。あれと是《これ》とを比べて見るに、其偽りに甲乙なけれど、猶《なほ》目の前に心は引かれて、此の人のいふことぐ〱に哀に悲しく、涙さへこぼれぬ。我ながら心よはしや。」と、世間に友達のことをいろいろ言い触らす心理はどのようなものか。そうして、世の中に信義無き人ばかりとはいっても嘘か実《まこと》か分らずに無責任な人の言う噂など信ずる訳にはいく筈もない。とはいいながらも桃水先生のおっしゃることが総て身にしみて悲しく、涙がこぼれるのである。我ながら心の弱いことである――と、迎えに来た邦子と家路へ向かう一葉であった。

このようにして結局、日本文学史上に、尾崎紅葉門下生「樋口一葉」の名は世に出ることはなかった。もし、仮に一葉が紅葉庇護の許で作家活動を続けていたとしたら、一葉の寿命も二十四年余ということでは無く、もう少し生き長らえたとも考えられる。また、紅葉は弟子の原稿に何かと筆を入れるところから、いわゆる〝紅葉ばり〟の作品化を余儀なくされたと想像できるだけに、文学史上は「紅葉門下生樋口一葉」と一行書きで終ったかも知れない。したがって、もしそうだとすれば、今日、なお燦然と光り輝く一葉文学を結果し得たであろうか――と見るのは、いささか一葉サイドの過剰表現というべきか。

確かに、人にはそれぞれ避けられない運命というものがある。そうして、この試練をいかに乗り越えるかによってその人の以後の人生が決まる。だが、そこには多くの理解者、協力者の存仕が意味を持つ。〝弱冠〟二十歳の一葉が、このような苦渋の選択に迫られた事実に思いを及ぼす時、人生は人との出会いと別れ――その形や内容に違いがあっても、この避けられない現実の重さと同時に、それによって以後の人生の襞を紡ぎ出す意味を合わせ、その転機転換の大きさ重さを考えさせられる問題であった。

七　一葉・生前戒名（法名）の意味

1　一葉・世俗否定と「戒名」の周辺

今日、生前の「戒名」（真宗では法名）は珍しくないと聞く。一葉は明治二十六年二月十五日の日記に、「落花枝に返らず、破鏡再度てらさず。四大《しだい》破れて五蘊空《ごうんくう》に帰す。魂魄《こんぱく》天地に消散して冥々朦々《めいめいもうもう》たり。今汝何《いまなんぢなに》に依りてか此世に執着を止《とど》めんや。一心の迷妄《めいまう》に引かれて永く地獄に堕落《だらく》し挫《ざ》焼春《しやうきゆう》磨《ま》のくるしみを受けんや。速《すみやか》に悪念を去りて成仏得脱《じやうぶつとくだつ》を遂げよ。即ち汝を法通妙心院女と名付く、喝《かつ》。」【注　四大＝仏教でいう地・水・火・風の元素で全ての物体はこの四つから成り立つとする。五蘊＝色（物質）、愛（印象・感覚）、想（知覚・表象）、行（心の作用）、識（心）の五つ要素。人間の心身、また、その環境の全てを形成する要素をいう。〈中野碧・坪内裕三『明治の文学第17巻　樋口一葉』（筑摩書房　二〇〇〇・九）を参考にした〉。挫焼春磨＝火あぶりと臼で挽き殺す極刑の意】。一葉は何を思ってこれを書き付けたのか。この点は判然としないが、とにかく途轍も無い難しい用字用語を羅列したものだ。これの典拠は謡曲『八島』・『太平記』巻二、『般若経』等――その一部を擬ったものという説もある。一葉が書き付けた〝戒名〟関係文を繰返すまでもないが、花は落ちると再び枝に戻ることができないし、割れた鏡は二度と姿を写すことのないように、万物必滅の世になぜそのような俗事に拘泥執着するのか。とにかく一刻も速く俗念を断って成仏得脱を遂げよ……と自らを戒めている。

では、この〃戒名〃は何を意味するのか。この点に関連して一葉の小説にはしばしば「月」が出ることから、井上ひさし氏は「一葉の月は死の世界の象徴」、つまり、「月は此の世界とあの世の通い路。彼岸と此岸を連結する穴。その穴からあなたはこの現世を観察していたのです。」（『樋口一葉に聞く』一九九六　文芸春秋）に見られるように、一葉・来世の関係を逸早く着目したのも同氏である。その発想に基づいた代表作に『頭痛肩こり樋口一葉』（集英社　昭和59・4）及び、「こまつ座」刊の『the 座』各号で生者と死者が言葉を交わすこの戯曲は紀伊國屋ホールの上演でも好評を博している。私も「こまつ座」の要請により、図録の一部に解説を加え、演劇鑑賞の機会に恵まれた。現世とあの世の交流に何等違和感がなかったのは、俳優の演技力は自明のことながら、さすが井上ひさし氏――一葉一家の苦衷をものの見事に体現した事に畏敬の念を強くした印象を忘れることが出来ない。

ところで、もう一度、先の〃戒名〃に戻るが、一葉が日記に書き付けた「戒名」の意味について数人の僧職の方に伺ったが、私の理解力不足のなせる業か、明確な解答は得られなかった。周知のように「戒名」は宗派によって相違はあるものの一般的には院号・道号・戒名、位号等の順序がある。（袴田政克著『生前戒名のすすめ』現代書林　一九八八・六）。例えば夏目漱石は、「文献院（院号）古道（道号）漱石（戒名）居士（位号）」。また、さらに「雅号」が院号の次に加わることもあるとのこと。ついでに同書から、各「号」の意味するものを伺うと「院号は、本来、自分で一宗や一寺をたてるほど仏道に精進した僧に与えられる名であった。しかし、時代が下がるにつれ、在家であっても、篤信家には、院号が与えられるようになり、いまでは、普通に誰でもが受けられる。その人の仕事ぶりを想起させる言葉がよいとされている。」と、その時代、世情に伴う変遷が述べられている。つづいて「道号」は、「もともとは禅宗で、寺の住職などに与えられた名前である。ただの平僧には、道号は与えられなかった。しかし、こちらも時代が下がるにつれて、他の宗派でも使うようになり、しだいに在家の信者にも与えられるようになった。四字戒名の場合は、道号と戒名だけが組み合わされることになる」。したがって、自ずと「道号は、その人の人柄を表す言葉を選ぶようになる」。そうして、「最後の『居士』が『位号』である。」という。

また、同書によれば「戒名」には「三選三除の法」があって、先ず「三選」には㈠熟語の善《よ》きをとって悪《あ》しきを捨てること。㈡音便の可否を考慮すること。㈢年齢・性別に相応した文字を選ぶこと。逆に「選名三除」は㈠奇字・難字を排除すること。㈡無詮の空字を排除すること。㈢不穏の異字を排除すること。これをさらに説明すると、一番目の「奇字・難字」とは「通常の知識と常識をもった人が、辞書なしでは読む事も、理解することもできない文字のこと。」であり、二番目の「無詮の空字」とは、「無意味な文字の組み合わせ」。三番目の「不穏の異字」とは「読んで字のごとく、穏やかでない文字」（同書）の意と説明している。「いずれも、三選の法と同様、佛教精神を尊ぶところから生まれた法則である。」（同書）という。また、日本の仏教の宗派は先の『生前戒名のすすめ』によると、今日、十三宗五十八派。【注　文化庁宗務課によれば、「二〇〇二年現在で日本の宗教法人は一九七宗派の宗教団体があり、その傘下のある宗教法人は七万四九四〇、さらにどの団体にも属さない単立法人が一五三一ある。」(『北海道新聞』〈日本の仏教〉平成16・12・6)】。樋口家の墓は現在、西本願寺の墓所である東京・杉並区和泉(永福一丁目)の西本願寺別院「和田堀廟所」にある。したがって浄土真宗ということになる。これも前述の同誌によると、「男ならば『釈』の一字を、女ならば『釈尼』と頭につける習わしになっている」と説く。また、浄土真宗は「他宗に比較するとシンプル」で、例えば明治の美術家「岡倉天心」は「釈天心」と極めて明解そのものである。

ところが、一葉が書き付けた「法通妙心院女」は各宗派のルールには該当しないようだ。もっとも、その中の「妙心」をこれも同誌から示唆を得ると、「妙」を用いた意味は、「いずれも芯のしっかりした女性の姿が連想される。内面的にはしっかりと一本筋が通っていながらも、表面はあくまでも温和で優しい女性の姿だ」という。これは確かに一葉の一側面を言い得ている。

2　一葉・〃戒名〃の中に潜むもの

しかし、私はいま、この解明を急ぐ気はない。問題は、一葉が何故、この時期のこれを書き付ける気になったかということだ。一葉研究家で卓越した仕事を続けている野口碩氏は、「戒名」を含むこの内容について、「外に対して開放されることのなかった一葉の内面は、しばしば繰返された精神的挫折や生活の窮乏と相俟って、『蓬生』の意識を深めた」。(『一葉全集』第三巻の補注　筑摩書房　昭和51・12・

15）の指摘は傾聴に価する。

よく、日記の余白に〝戯れ言〟としての記入行為は珍しい事ではない。また、禅宗でいう引導の諷請文である「喝」も含め、二月十五日は釈尊入滅の日、菊坂界隈に現存する長泉寺や寿福寺等禅宗の寺があり、そこでも涅槃会が行なわれていた筈だ。一葉はこれらをヒントに触発されたとも考えられる。また、かって一葉が通学していた「吉川学校」も禅宗系でもある。しかし、私は単なる遊び的行為としてこの事を看過するには躊躇いがある。そこには、一葉の周辺を襲う不協和音、心の奥深く沈潜する苦悶、無意識の意識がこの〝涅槃〟の言葉に内包するいわゆる本能による精神的揺らぎの超克を希求し、心の平安をねがう一葉がふと、心の句読点として「成仏得脱」に傾き、人間存在の弱さを無常・苦・無我を規定する〝宗教〟に縋りたい心情がここに浮上したと見る。では、具体的に見て、それは一体何か。

桃水の葉茶屋「松濤軒」は一葉にとって少なからずショックを与えたはずだ。作家志向の一葉にとって、桃水は大いなる目標そのものであった。その桃水先生ほどの人でも文筆一本での生活は成り立たない。たとえ健康の理由があったとしても……まして己においておや。加えて生計手段を商売に――この現実を目の当たりにした一葉にとって、今まで描いて来た心の支えが大きな音を立てて崩れ落ちる思いを禁じ得なかったのではなかろうか。そうして、先にも触れた桃水〝結婚〟の早合点がこれに追い打ちをかけた。一葉が日記の余白に書き付けた「戒名」関連の一文は次の三点に対する前兆ではなかったか。

一つは、小説一本での生計志向への訣別。二つ目は〝大音寺前〟転居に関連して野口碩氏が強調する歌よみ社交界からの訣別。そうして最大の理由は前二者を支配している桃水との訣別に逡巡する自己叱咤そのものではなかったか。「此世の執着」、「一心の迷妄」、「速に悪念を去って」の文言に内包する俗念・俗界からの離脱――具体的には桃水繋縛に揺れ傾く女性としての心情、換言すると「迷妄」からの隔絶であり、時には「戸主」の座を忘れ、血のつながる肉親の懐に飛び込みたいという願望へ揺れる甘えの構造拒否、ひいては文筆による自立不可余儀なしの結果、母が最も忌避する〝商売〟による生活方途への〝転進〟――併せて士族〝亡霊〟の払拭とその対決が「戒名」関連記録につながったのではなかろうか。

本郷区菊坂69・70番地の一葉旧居跡（一葉20歳～21歳）現在の文京区本郷４丁目31番地。父、則義没後、明治22年９月、芝区西応寺60番地から転居。初め、写真右上の70番地に住み、その後、向かい側のやや広い69番地へ移った。石段の下、案内板の手前に、一葉も使った井戸（現在は手押しポンプ）がある。

八　〝大音寺前《だいおんじまへ》〟転居の表裏

1　一葉一家・生活窮乏の極

遊廓吉原に隣接する通称〝大音寺前〟転居の意味は重い。ここでの生活体験を舞台にした名作『たけくらべ』成立に関する諸要因やその経緯等については、拙著『一葉文学成立の背景』及び注釈書『樋口一葉』（共に桜楓社、現・おうふう）等、そうしていくつかの小論で触れたので努めて重複を避け、本稿関連事項のみに留める。

一葉は花圃の斡旋で『都の花』の執筆から待望の原稿収入を得た。そうして、その後、「萩の舎」での〝スキャンダル〟を覆す暇もなく、しかも己の自尊心を押しやって、さらにその継続執筆を桃水との交際断絶を交換条件？に花圃へ哀願したことは先にも触れた。だが、その『都の花』も明治二十六年六月、第一〇九号をもって廃刊を余儀なくされた。ここに一葉にとって当面、続稿による原稿料収入という一縷の望みが消滅するという危機に脅かされることとなる。

明治二十六年三月三十日の日記に、「我家の貧困日ましにせまりて、今は何方より金借り出すべき道もなし。母君《ぎみ》は只せまりにせまりて、我が著作の速かならんことをの給ひ、いでや、いかに力を尽すとも、世に買人《かひて》なき時はいかゞせん。~かかる侘《わび》しき目見んよりは、よし、十円取りの小官吏《こやくにん》にまれ、かた襷はなさぬ小商人《こあきんど》にまれ、身のよすが定まれば憂《う》き事はしらじをなどの給ひなすこと、いと多し……」。

以上の日記文から、一葉一家の窮乏ぶりが真に迫って来る。特に「何方より金借り出べきす道もなし」から八方塞がりで途方に暮れる〝女戸主〟一葉の苦悶が想像されてやり切れない。さらにこのような危急存亡の時こそ、本来ならば母多喜が、かつて想像を絶する苦難の道を幾つも乗り越えて来た体験を生かし、家族三人が肩を寄せ合って苦境打開のための中心になるべきはずが、このような愚痴の連発では一葉もたまったものではない。のみならず、「十円取りの小官吏《こやくにん》」、「小商人《こあきんど》」に至っては皮肉を込めた自嘲・侮蔑そのもの――ここでも依然として旗本直参の〝亡霊〟繋縛から脱し得ない悲痛事を想定するに吝かではない。一葉はその母の心情を忖度して、「不孝の子にならじとは日夜おもへど、猶かゝるかたの御心にも入らずして、かくわづらはしげにの給ふこと常の様《よう》也。」につづいて、「十三日の夜、母君《ははぎみ》更《ふく》るまでいさめ給ふ事多し。不孝の子に成らじとはつねの願ひながら、折ふし御心《みこころ》にかなひ難きふしの有こそはかなしけれ。」（同26・4・13）と、母多喜の苦情に対しても素直に耳を傾け、母が期待する好ましい結果を導き出す方途が見つからないまま、「戸主」としての確証の余裕無き困惑の体が行間に溢れている。確かに当時「戸主」は、家族の諸問題の決定権と家族への扶養義務が課せられていたことは事実である。だが、そのような外形的拘束以前に、血を分けた肉親の絆としての基本的な〝家族〟が存在する筈だ。母多喜の一方通行は余りにも過酷で納得しにくいのは、やはり、今日的発想というべきであろうか。

五月二十九日、「窮甚《きゅうはなはだ》し」。とうとう最後の切り札、「金子《きんす》かりに伊東夏子君《ぎみ》を訪ふ。こゝろよく八円かされたり」。だが、これも窮余の一策で生活好転の力になり得ない。月末返済が迫る。「著作まだならずして此月《このつき》も一銭入金のめあてなし。」（同26・6・21）から六月二十七日、「金策におもむく……」。一葉の日記で金策対象をぼかしているのは二箇所のみ。これらは迷いに迷った末、依頼すること自体の不謹慎を十二分に承知しながらも、なお、万策尽きて藁にでも縋る思いでの行為――したがって首尾不本意はもちろんだが、記録することさえ躊躇せざるを得ない人……それは「桃水」その人ではなかったか。「借金」への勇気もさることながら、その期待に応えられない側の心情も察して余りある。もし、これが桃水だとすればどうなるか。桃水は一葉に対し可能な限り物心両面にわたって協力してくれた。それがこの度は――この「……」はおそらく一葉の自己嫌悪であり、さらに仮定法的視野ではあるが、これは一つの〝転進〟決意の予兆ではなかろうか。

二十九日、「我は直《ただち》に、一昨日たのみたる金の成否《せいひ》いかゞを聞きにゆく。出来がたし……伊東君より帰りたるは日没後なりし。」とあることから、それは伊東夏子へ返済の目途がたたないことへの侘びと弁明に行ったと思われる。先にも述べたこの「出来がたし……」を仮に桃水とすれば、桃水は、無碍に断るのを避けるためではなく、おそらく知人・周辺を含め一葉の期待に応えようと最大限努力をした筈だ。過去においても桃水の好意的姿勢を一葉は十二分に承知しているだけに「我は直に、一昨日云々」となったと思われる。繰り返すが、この事実は「此夜一同熱議、実業につかん事を決す。』から一葉の〝転進〟を決定的にしたことは疑えない。

2　生活の方途を商売へ―資金調達で苦慮―

一葉の苦悶は続く――。「人つねの産なければ常のこゝろなし。手をふところにして月花《つきはな》にあくがれぬとも、塩噌《えんそ》なくして天寿を終《をへ》らるべき物ならず。かつや文学は糊口《ここう》の為になすべき物ならず。おもひの馳するまゝ、こゝろの趣くまゝにこそ筆を取らめ。いでや、是《これ》より糊口的《ここうてき》文学の道をかへて、うきよを十露盤《そろばん》の玉の汗に商《あきな》ひといふ事はじめばや」（明治26年6月末）。一葉は、母親の心情と己れへの欝積拡散をかろうじて「実業」なる文言で救済した。その決意を、「とにかくにこえてをみまし空《うつ》せみの　よわたる橋や夢のうきはし」とその心境を和歌に託して表現している。

七月一日から、商売のための資金調達が始まる。「母君、かぢ町より金十五円受とりきたる。芹沢、『かまくらより帰京なしたり』とて来たりしかば、商業《あきなひ》はじむべきものがたりして、山梨より金五拾円かりくる、様頼む」。前者は国立第十五銀行の通称「かぢ町」――ここから十五円の融資を受けたことを意味するが、後者の芹沢は母多喜の弟卯助（宇助）が広瀬家の養子になり、故あって芹沢家の再養子になる。その子が芳太郎である。後程、幾度か出てくる広瀬伊三郎の異母弟で軍人であった。たまたま演習帰りの報告旁々来訪を渡り船とばかりに山梨の多喜の実家へ「五拾円」の資金協力を依頼した。本来ならば多喜が直接、要請すべきところ、これは多喜の意地やプライドもあり、いささか敷居が高かったのであろう。

　四日、「母君《ははぎみ》、小林君《ぎみ》に金子《きんす》の相談に参り給ふ。『あきなひを始めんといふに、いさゝか也《なり》とも、もとでなくては叶《かな》はず。せめては五拾両ほどかり来ん』とてなり。『されども、もとよりの借もあり、只にては』とて、家に蔵《ぞう》したる書画十幅計《じつぷくばかり》をあづけんとす」。父則義遺愛の品を担保にしても、五日、「小林君より返書来る。金子調達なりがたし」。七日、父則義が生前からの知人で、古着等の仲買人である「田部井のもとに衣類売却の事をたのみ」に行く。「これにて十金也とも、十五金也とも、得しほどをもてもと手とせむ。」と商売資金調達に苦渋の明け暮れである。そうして、八日、「母君、田部井に様子をきゝに参り給ふ。」の性急さぶり――翌九日、再び訪ね、ようやく「十五円ならば買手ありといふ。二重《ふたへ》どん子《す》の丸帯一《まるおびひと》すぢ、緋《ひ》はかたの片かはと繻珍繻子《しゅちんしゅす》の片かは、ちりめんの袷《あはせ》二ッ、糸織《いとおり》一つ也」。落ちぶれたとはいえ、さすが母多喜が、元旗本稲葉大膳二千五百石の姫の乳母だけの事があり、高価な品揃いである。これを手放すことは多喜にしてみれば旗本奉公の証しを失う事と同時に、精神的支柱も取り去られる思いであったことに相違ない。

　さらに、先の稲葉大膳へ共に仕えた西村信夫【注　大膳の家侍であった時は森仙之助、その後、良之進】の長男で樋口家とは親戚付き合いの西村釧之助にも家財道具の購入配慮方を頼む。そうして十日、「田部井より金子うけとる。此夜さらに伊せ屋【注　一葉一家が頻繁に利用していた本郷五丁目、通称「菊坂」に現存する質店、正しくは「伊勢屋」で、現在は廃業。】がもとにはしりて、あづけ置たるを出し、ふたゝび売《うり》に出《いだ》さんとするなど、いとあはたゞし……」の切迫感がダイレクトに伝わってくる。

3　次兄「虎之助」との確執と一葉の嘆き

つづいて、七月十一日、「明日は父君《ちちぎみ》祥月《しやうつき》命日ならば、たい夜《や》として茶めしたき、汁《しる》たてなどして、まねくといふほどならねど、上野君《ぎみ》を呼ぶ。（中略）兄君来る。此度の計画をもの語るに、『何事の可否もなし。されども見給へ、もとより我がおもふにたがひたるはらからが、如何様《いかやう》の事なさんとも、そは関する処ならず。されどもみ給へ、末終《すゑつひ》になしとげられる、物には非《あ》らじ。まこと浮《うき》よのむづかしきを知り、たてたる心のをる、時あらば、我も又よそに見んとはいはず。かしら下げて来る事あらば、母をも其方《そち》らもやしなひては取らすべし。夫《それ》までの事は勝手たるべし』とて、いとひや、か也。深くかたる事もなくしてふしぬ」。

ここも長い引用になったが、明治十四年の段階で次兄「虎之助」は素行芳しからぬ理由で分籍――先にも触れたが士族の家に相応しくないという意味から、体のよい〝勘当〟であった。したがって、自分とは考え方が違うお前たちであるから、自分には係わりがないことだ――物事は甘くない、途中で挫折した時は頭を下げて来い。その時は母上もお前達も養ってやろう。それまでは勝手にすればよかろう云々……と言う虎之助の心情も分らないでもないが、明治十四年の〝勘当〟時は母多喜は当事者のひとりであっても、純情無垢で数え年九歳の一葉及び七歳の妹邦子は事の埒外である。既に述べてきたように八方、手を尽くし、漸くかすかな目途がついた矢先だけに虎之助の〝暴言〟は、まさに頭から冷水をかけられた思いであった筈だ。この持って行き場のない心情を、かろうじて、「いとひやゝか也。深くかたる事もなくしてふしぬ。」が次兄、虎之助に対し、精一杯の苦衷表現ではなかったか。

　翌十二日、「兄妹三人、築地に寺参りをなす。帰宅後疲労ことに甚だし。」とある。まさにさもありなん――である。この、祥月命日には山梨出身で父則義の幼友達であり、かつ、共に菊池家に仕えた上野兵蔵を招いているのに、長女「ふじ」の出席可否の様子は日記にはない。確かにふじは、両親が初志貫徹苦渋の選択とは言え「里子」に――以後、不幸な結婚の繰返し。片や聡明で心やさしい長兄は夭逝、次兄は先の事情があったとしてもこのように〝なさぬ仲〟、ここでも一葉の孤立・孤独感がひしひしと伝わってくる。なお、樋口家の墓は先にも触れたように、当事、築地の本願寺にあったが、昭和五年に西本願寺の墓地が杉並区和泉（永福一丁目）に移転したため、現在は別院「和田堀廟所」にあり、「樋口一葉の墓」の案内標識も出ている。そうして、墓の前面近く甲州街道というのも何か因縁めいたものを感じさせる。

　一葉は、このように次兄「虎之助」との距離、無理解に端を発してか、先の日記の余白に、「十八といふとし父におくれけるより、なぎさの小舟波にたゞよひ初《そめ》て、覚束《おぼつか》なきよをうみ渡ること四とせあまりに成りぬ。」と、父死後の四年の歳月を回顧し、「いたりがたき心のはかなさは、なべてよの中道《ちゅうだう》を経《へ》がたくして、やう〳〵大方《おほかた》の人にことなりゆく。もとより我が才たらず、おもふことあさからむをば恥《はぢ》おもへど、こゝろには、かりにも親はらからの言《こと》の葉《は》にたがひ、我がたてたる筋のみを通さんなどきしろひたる事もなきを、いかにぞや、家貧《ひん》にものたらず成ゆくまゝに、此処かしこにむつかしき論出来て、『たゞ我まゝなるよをふる』とて、斯く母をもくるしめ、兄のたすけにもならざらんが如《ごと》いひはやすよ。『いでやよしや、大方の世は』とて、笑ふて答へざるものから、たれはおきて日夕《につせき》あひかしづく母の、『あな侘《わび》し。今五年さきにうせなば、父君《ちちぎみ》おはしますほどにうせなば、かゝる憂きよも見ざらましを。我一人残りとゞまりたるこそかへすぐ〳〵口をしけれ』。……」。母多喜の苦悶は十分理解するとしても、夫則義が生存中の五年前に自分が死んでいたらこのような悲しい目に逢わずにすんだことを返す返すも残念だ……はただ事では済まされない。特に注視しなければならないのは、自分一人生き残って……と、つづく世間は私を笑いものにしているようだ……身をつくして努力しても、何等、甲斐なき女子の何事をかなし得らるべき……」に記される自己懐疑と自己卑下――見方によってはこれはそのまま一葉に跳ね返ってくるからだ。つづく母多喜は、朝な夕な「あないや〳〵、かゝる世を見るも否成《いやなり》。」と愚痴の連発――結局、「母は子のこゝろを知り給はず、子も又母のこゝろをはかり難ければなめり。おもふ事おもふに違ひ、世と時と我にひとしからず。孝ならむとする身はかへりて不孝に成行《なりゆ》く」。そうして、これが浮世というものだという事を昨日・今日ようやく分ったというまさに〝精神的孤児〟一葉・諦観の境が胸を衝く。

4　転居先の選定と母の逡巡

明治二十六年七月、「十五日より家さがしに出づ」。とあり、先ず、「和泉丁《いづみちやう（ママ）》、二長町《にちやうまち》、浅草にかけて鳥越より、柳原、蔵前あたりまで行く」。だが、母親の強い願望から、「幾《いく》そ度《たび》おもへども、下町に住まむ事はうれしからず。午後《ひるすぎ》より更に山の手を尋ねばやといふ。庭のほしければなり」。つまり、「下町」否定「山の手」志向――しかも士族の象徴である「門」とはいわないまでも「庭」――これが母多喜の条件であった。望みはいくらは高くてもよいが、先の窮乏のさ中にあってこの「庭」への執着、これは追いつめられた故の〝もがき〟にも似た心境と見るべきか。

十七日、「晴れ。家を下谷辺《したやあたり》に尋《たづ》ぬ。国子のしきりにつかれて行《ゆく》ことをいなめば、母君《ぎみ》と二人にて也。（略）行々《ゆきゆき》て龍泉寺丁《りゅうせんじまち（ママ）》と呼ぶ処に、間口二間、奥行六間計《ろくけんばかり》なる家あり。左隣りは酒屋なりければ、其処《そこ》に行きて諸事を聞く。雑作《ざふさく》【注　家具、建具が入っていないこと。】はなけれど、店は六畳にて、五畳と三畳の座敷あり。向きも南と北にして、都合わるからず見ゆ。三円の敷金にて、月壱円五十銭といふに、いさゝかなれども庭もあり。其家《そのいへ》のにはあらねど、うらに木立《こだち》どものいと多かるもよし。さらば国子《（ママ）》にかたりて、三人ともによしとならばこゝに定めんとて其《その》酒屋にたのみてかへる。邦子も違存《（ママ）》なしといふより、夕かけて又ゆく。少し行ちがひありて、余人《よじん》の手に落ちん景色なれば、さま〴〵に尽力す」。

この部分も長い引用になったが、この〝大音寺前〟転居は本稿のキイポイントになるだけに一葉日記からの臨場感をも含め、〝生《なま》〟の雰囲気を掴んで欲しかったからに他ならない。さらに、周辺的事項ではあるが、右の日記から想定出来ることの一つに、一葉は菊坂と龍泉寺町を二往復したことになる。東京在住でもない私が言うのは僭越だが、今日、地下鉄等の交通手段を考えても菊坂五丁目から比較的近いところは丸ノ内線の「本郷三丁目」、次の「上野御徒町」下車で上野方面へ移動するか、都営三田線の「春日」駅。しかし、上野方面にはうまくアクセスしていない。何かの方法で上野に出て、そこから日比谷線で「上野」→「入谷」→「三ノ輪」で下車し、ここから「一葉旧居跡」まで徒歩で約十分。一葉は総て徒歩での二往復――これは伊達や酔狂では出来る相談ではない。私も幾度となくこのコースを探索したが、決して平易な距離ではなかった。まして道路も整備されていない明治二十六年真夏のことである。当時の地図を捲ってみたが、やはり、結構な距離である。

　ところが、この度、僥倖に恵まれた。それは大の一葉ファンであり、すでに好評の『カイワレ族の偏差値』（文芸春秋　一九九三・一〇）及び「第十四期中央教育審議会」のメンバーとしても多面的な活躍をされ、現在、女性更年期医療専門クリニック（東京・銀座）を開く医師の村埼芙蓉子氏が『東京新聞』（平成16・10・25）に、「一葉は健脚だった」というタイトルのもとにこのコースを直接歩かれた体験情報である。しかも一葉同様、菊坂と一葉旧居まで二往復、他にも一葉日記に記載されているコースを休日等の利用で十数回という力の入れようだ。村埼氏の言葉を借りると、菊坂から竜泉町の一葉旧居まで直線で三・七キロ――ご自分が汗だくになって歩き切ってみると万歩計には四万四千八百三十三歩の表示、一歩五十センチとすると歩いた距離は約二十二・四キロにもなったという。私が体験した時は万歩計なる〝文明の利器〟がない時代であっただけに、十二分に納得させられた。さらに、平成十六年十一月二十三日「台東区立一葉記念館」で講演の折にお目にかかる機会を得、その感を一層強くした。氏の積極性とその貴重な経験を敷衍すると、本郷・菊坂から千代田区平河町の桃水宅まで直線で約三・五キロ（徒歩往復一万七千歩）、上野図書館まで約二キロ（徒歩片道六千歩）――一葉は「歩く女」の実証的探索に頭の下がる思いを禁じ得なかった。また、すでに触れたように、一葉が頭痛肩凝りで苦しんでいたこの事実を、さまざまなストレスのため、女性ホルモンのバランスを崩していたのではないかと見て、多くの医学論文を発表した経験を生かし、一葉文学を医学的視点から捉えて見たいという抱負を伺った。

話を元に戻すと、すでに第六章「一葉、生前戒名（法名）の意味」の項で若干、この転居問題の周辺に触れた。だが、此処で、何故一葉は吉原遊廓街に隣接する通称〝大音寺前〟を選んだのであろうか——。前項では母への気遣いが過剰なほど記されていた。しかも、先にも触れたが、転居先について母は「下町」否定で「山の手」志向。にもかかわらず一葉はこの下町はおろか〝遊廓街〟を結果した。確かに「いさゝかなれども庭もあり。其家のにはあらねど、うらに木立《こだち》どもいと多かるもよし」が同行した母たきの了解というより、妥協事項であったことは間違いない。だが、それにしても一葉自身、この地に期するものが大きかったと考えても不自然ではない。では、その期するものとは何か。

人間は往々にして衝動的行為に走る事は珍しくない。したがって一葉の〝大音寺前〟転居もその一例ではなかったか。転居前日、十九日の日記を挙げる。「今宵は何かむねさわぎて睡りがたし。さるは、新生涯をむかへて旧生涯をすてんことのよこたはりて也……」も、やや、冷静を取り戻した一葉は、この「新・旧生涯」で何を表現したかったのか。とにかく、ここに悲壮的決意はあるものの、まだ、生活実感にはつながっておらず、いってみれば観念の域を出ていない。それは転居当日の日記がこれを如実に物語る。

5　桃水への当て付けと心の家出―遠望と悔恨―

「二十日、家は十時といふに引払ひぬ。此ほどのこと、すべてか書《かき》つゞくべきにあらず。」とはいいながら、「此家《このいへ》は下谷《したや》よりよし原がよひの只一筋道にて、夕がたよりとゞろく車の音、飛びちがふ灯火《ともしび》の光り、たとへんに詞《ことば》なし。行く車は午前一時までも絶えず、かへる車は三時よりひゞきはじめぬ……」。と吉原の〝盛況〟ぶりを記した上で、「唯《ただ》かく落はふれ行ての末に、うかぶ瀬なくして朽《くち》も終らば、つひのよに斯《か》の君《きみ》に面《おもて》を合する時もなく、忘《わす》られて、忘られはてゝ、我が恋は行雲《ゆくくも》のうはの空に消ゆべし。昨日まですみける家は、かの人のあしをとゞめたる事もあり。まれには、まれ〳〵には、何事ぞの序《ついで》に、家居《いへゐ》のさまなりとも思ひ出でゝ、我といふものありけりとだにしのばれなば生けるよの甲斐ならましを、行ゑをもしれずかげを消して、かくあやしき塵《ちり》の中にまじはりぬる後、よし何事のよすがありて思ひ出られぬとも、夫《それ》は哀れふびんなどの情にはあらで、終《つひ》に此《この》よを清く送り難く、にごりににごりにぬる浅ましの身とおもひ落され、更にかへりみらるべきにあらず。かくおもひにおもへば、むねつとふさがりていとゞねぶりがたく、暁の鳥はやう聞えぬ。此宵は大雷にて稲づま恐ろしく光る」。

先に問題提起した〝解答〟はここに歴然と語られているではないか。一葉はこの転居を『都の花』の編集長・藤本藤隠には挨拶している。それなのになぜ、桃水にしなかったのか。転居当日の日記に、

樋口一葉旧居跡　下谷区竜泉町368番地、現在の台東区竜泉３丁目15－２。明治26年７月20日～同27年５月１日の約10カ月間、荒物屋兼駄菓子屋を営む。『たけくらべ』の舞台。（一葉22歳～23歳）。

「行ゑもしれずかげを消して……」はまさに心の家出そのもの――しかも、かつての菊坂の家には桃水も来訪したことがある。さらに「我が恋は行雲のうはの空に消ゆべし。」等々桃水への尽きぬ遠望の情を述べ、はたまた「塵の中」といい、「終《つひ》に此よを清く送り難く……」に至っては自己嫌悪、自己侮蔑・哀憫、そうして衝動的行為に対する悔恨……これでは娼婦転落と同義ではないか。ここに、一葉の懊悩がすべて言い尽くされているとさえ言える。一葉はとうとう、朝まで一睡もできず、夜明けを迎えてしまった。そこには、一葉の観念としての衝動的行為はまだ定着以前であるが、生活はリアリティを伴う。ここにも生活実態としての現実落差を見る。桃水への挨拶抜きの転居。しかも、この日から日記の表題を『塵之中』、『塵中日記』としたところにも屈折した一葉の虚脱感や孤独感は尋常ではない。

では、先のもう一つの大きい課題、なぜ、この土地を選んだのか。思うに、一つは「商」への〝転落〟から「萩の舎」仲間の目の届かないところ。二つ目は従兄・広瀬伊三郎が浅草に居て（日歩貸し業も兼ねる）何かと便利という実利主義。そうして一葉の日記に散見する余りの窮乏からふと〝人肉の街〟への妄想もよぎったかもしれないが、最大の理由は「たみ子問題」にたいする桃水への当て付け、反抗が主要因ではなかったか。

九　恋の苦悶――「厭《いと》ふ恋こそ恋の奥成《おくなり》」――

日時は遡るが、一葉は先の転居開店資金調達で難渋した二十六年七月五日の日記の余白に、〝浅き恋〟につづいて、「恋」の深浅、極致とは何か――つまり、「厭ふ恋こそ恋の奥成」と書き付けている。それは、何を意味するのか。生活方途の打開策多肢選択が閉ざされた一葉であってみれば、あとは決断以外には残された道はなかった。その意味からもこの日記の一節は極めて重要である。それは桃水との訣別に迷う己が心の屈折に一つの楔を打ち込もうという、壮絶にも似た決意のほどが読み取れる。その、一部分を次に紹介する。

「見ても聞きても、ふと忍び初《そめ》ぬるはじめ、いと浅し。いはでおもふ、いと浅し。これよりもおもひ、かれよりもおもはれぬる、いと浅し。これを大方のよには恋の成就《じやうじゆ》とやいふらん。逢そめてうたがふ、いと浅し。わすられてうらむ、いと浅し。逢はんことは願はねど、相おもはん事を願ふ、いと浅し。相おもはんも願はず言出《いひいで》んも願はず、一人こゝろにこめて一人たのしむ、いと浅し」。

ここでは見たり聞いたりしただけで、ふと、惹きつけられる「忍び初め」――つまり初恋は「浅い恋」。また、相手に言わない「片思い」。さらに、相思相愛も浅い恋だが、世間ではこれを「恋の成就」というのだろう。確かに恋の〝達成感〟などあり得るはずも無いが、一葉の意とするところは一体何か。

さらに古今集「読み人しらず」の「名取川《なとりがは》瀬々《せぜ》のうもれ木あらはれば」の一節を引用し、その意味する埋もれ木が水枯れで現われるように、二人の浮名が世間の噂となって、しかも名誉を汚す結果になることに頭を悩ます云々の歌の意を敷衍しながら、その延長線上に「うきに隔《へだ》たる年月のいつぞは打とけてとはかなきをかぞへ、心はかしこに通ふものから、身は引はなれてことざまに成行《なりゆき》、さては、みさを、守りて百年いたづらぶしのたぐひ、【注　長い歳月、操を守って独り寝を続けるような】いづれか哀《あは》れならざるべき。されども、これらは恋に酔ひ、恋に狂ひ、『此恋《このこひ》の夢さめざらん中《うち》に此夢《このゆめ》の中《うち》に死なん』とぞ願ふめる。」と言う。しかし、一葉はこれも「おもへばいと浅き事成」と一蹴している。そうは言いながらも「されど、浦山《うらやま》しきは此《この》さかひ成《な》るべし。」と包み込む事を忘れてはいない。では、「まこと入立《いりたち》ぬる恋の奥に何物かあるべき。」に対し、「もしありといはゞ、みぐるしく、にくゝ、うく、つらく、浅ましく、かなしく、さびしく、恨めしく、取《とり》つめていはんには、厭《いと》はしきものよりほかあらんとも覚えず」と、人間が抱くあらゆる情念をいささかヒステリックに高揚し、ここではじめて、恋の極致は「あはれ其厭《そのいと》ふ恋こそ恋の奥成《おくなり》けれ」と結ぶ。

　このような「厭ふ恋」に到達せざるを得なかった一葉の心の襞を考えると、この問題は桃水抜きには語れない。とは言うものの、一方、「人をも忘れ、我をもわすれ、うさも恋しさもわすれぬる後に、猶《なほ》何物ともしれず残りたるこそ此世《このよ》のほかの此世成《このよなる》らめ。かゝるすゐにすべてたのしなどいふ詞《ことば》を見出づべきにもあらず。されば『くるし』いふことば詞もなかるべき筈と人いはんなれど、その苦あればこそ世にたゞよふなれ。『捨てたり』いへど、五体うごめき居《を》らむほどは、此苦《このく》も又はなれざるべし」。

そうして結びに「仏者の仏《ほとけ》をとなへ、美術家の美をとなふる、捨《すて》てゝすてぬるのちの一物《いちもつ》や、これ。」

　長々の引用を省みなければならないが、要約すると、一葉は「恋の極致」を「厭ふ恋」と断定しながらも、一方、われわれ人間生活の現実にはこのような「苦」があるからこそ、それを追い求め続けるのであり、たとえ、其の苦しみや喜びを捨て去っても、体が「生」を保っている以上、この苦悶からの脱却は不可能であると述べる。菊池寛がいう「恋は憂患《ゆうかん》多し、されど恋なくば猶《なほ》憂患多し」の言よろしく、一葉も前述のような「捨て捨て」の反復絶叫調も、いざ、現実に立ち返った時、所詮、人の子……に他ならないことが逆に安堵感を誘う思いである。視点を変えると、ここまで自己否定、自己叱咤しなければ桃水との訣別という心情の整理がつかなかったという事になる。では、自己納得に到達したのか。それは〝大音寺前〟転居当日の日記が、屈折した愛憎の軌跡とその悲しき性《さが》を如実の物語っているとはすでに述べた通りである。

一〇　渋谷三郎問題の局面

1　渋谷来訪—その弁明へクールに対応—

前項の「厭う恋」に見られる「忍び初め」、「片思い」、「相思相愛」——何れとも異なるが一葉の時間の表と裏、その苦悩や葛藤、心の痛みを拡散し、抽象化しなければならない事の一つに渋谷問題がある。しかも従来、渋谷の〝婚約破棄〟?・問題の確証不充分のまま、ひとり歩きの傾向がある。しかも、一葉びいき、一葉サイドの視点からいきおい渋谷に対して厳しい表現が目立つ。では事の真相をどういうことか。

やや遡るが、明治二十五年八月二十二日の日記に、「夜に入りてより突然、渋谷君来訪。『暑中休暇にて帰郷したるなり』とか。種々ものがたりす。」とある。また、渋谷については、つづいて同九月一日にも登場する。いずれも長文なのでキーポイントを引用しながら、問題点を紹介する。渋谷は従兄の三枝《さえぐさ》信三郎から一葉の小説執筆を聞き、賛嘆・激励し、「潔癖正直は人間の至《し》宝《はう》成《なり》。是《これ》をだに守らば何時かは好時《よしとき》逢《あ》はずやある。」とした上で、「我《われ》其《その》かみの考へには、君の家かくまでにとは思はず。富《もの》有《もち》と計《ばかり》思《おも》ひしかば、無理をいひたる事も有し。今はた思へばいと気のどくに、心ぐるしさたえ難し。

もし相談《はな》したしと思ふことあらば、遠慮なくいひ給へ。小説出版などの為に費用《つひえ》あらば、我《われ》たてかへ申べし。又、春のやなり高田なりに紹介頼みたしとならば、我明日にも其労を取らん。」とある。渋谷は一葉一家が裕福とばかり思い込み、このような大変さを熟知せず、配慮不足が心苦しい――と詫びた上で、小説出版の費用、はたまた〝早稲田〟系の縁から当時、東京専門学校【注　後の早稲田大学の前身】で講師を勤めていた坪内逍遙、高田早苗にも紹介をしたい……という。

続いて桃水の事に及び、「正当な結婚なさんとならば、止《とど》むる処なけれど、浮評といふものはあしき事也。潔白の身にもしみ【注　汚点】つかば、又取かへしなかるべくや。兎角《とかく》君は戸主の身、振りかたも六《む》ッかしからんが、国殿《くに》【注　邦子を指す】は他へ嫁し給ふ身、あたら妙齢《としごろ》を空《むな》しう思《おぼ》し給《たま》ふな」と一見、親身のアドバイスとも取れる。だが、後述するように渋谷は検事・法律家であるから一葉が「戸主」としてどのような制約下にあるかは十二分に承知しての発言と思いたい。とはいうものの私には若干、疑問が残る。もっとも、これは時間的経過を含め、一葉を通して語ることに心する必要があることは言うまでもない。

さらに一葉からの華麗な年賀状の筆跡を仲間に自慢している事にかこつけ、「何ぞ書きたるものあらば得《え》させてよ、かたみにせん。又持行きてほこりたければ」の社交と実用に一葉は戸惑いながらも、結局、「例のうまき事をいふと知りながら」さすがに強く断れず、「短冊一ひら送る」事となる。また、一葉は渋谷に「我が目の近くて渋谷ぬしのお顔さへよくも見えず」の発言記録があるが、これはいささかクール過ぎはしないか。仮に事実はそうだとしても時間経過の後、日記でこれを再現するのは

「酷」というものであろう。先の短冊といい、この事例といい、一葉の渋谷観はおよそ桃水の比ではない。夜、十一時過ぎ、渋谷の帰り際に一葉は、「渋谷様、此次《このつぎ》参り給ふ頃は、枝豆うらんか、新聞の配達なさんか知れ侍らず。其時立寄らせ給ふや。」の零落比喩で精一杯の皮肉を渋谷にはどのように響いか。渋谷は「夏子ぬしの目は困りしもの哉《かな》。（略）海岸などの見渡し広き処に居て、しばしやしなはゞ、直ちになほるべし」などを言い、待たせた車で渋谷は退出した。一葉の目の回復に対して「転地療養」などの実現不可能を平気で勧める渋谷の言葉を一葉はどのように受けとめたであろうか。

2　一葉の幻想――〝婚約破棄〟への傷痕――

渋谷退出後、一葉は、「身形《みなり》などはよくもあらねど、金時計も出来たり、髭《ひげ》もはやしぬ。去年《こぞ》判事補に任官して一年半とた、ぬほどに、検事に昇しんして、月俸五十円なりといふ。我十四の時、この人十九成けん。[注]松永のもとにてはじめて逢ひし時は、何のすぐれたる景色もなく、学などもいと浅かりけん。思へば世は有為転変也《うゐてんぺんなり》けり。其時の我と今の我と、進歩の姿処《すがたどころ》かは、むしろ退歩といふ方ならんを、此人《このひと》のかく成りのぼりたるなん、ことに浅からぬ感情有けり。此夜何《このよなに》もなさずして床に入る。」と書く（傍点　木村）。

注　一葉は、母の勧めで父則義の東京府庁での知人、松永政愛の妻の許へ裁縫を習いに行っていた。その時、父同様、松永政愛も真下専之丞に世話になった関係で、その孫・渋谷三郎が出入りしていた。

その頃、渋谷は自由民権運動にも参画し、その意とするところを熱っぽく一葉に語った筈だ。私は、一葉が〝社会変革〟の志向に傾斜したのもこの渋谷の姿勢が底辺にあったからではないかと小論に認めたことがあった。それにしても十四歳の一葉が「何のすぐれ足る景色（略）学などもいと浅かりけん。」は手厳しい。これは額面通り受け取るわけにはいくまい。少なくとも、「むしろ退歩……」とあるように、渋谷批判で心に鬱積するものを拡散させる意味ととるのが自然ではなかろうか。

いずれにしても、八月二十二日のレベルでは〝婚約破棄〟と断定することは困難である。したがって、世の厳しい渋谷評も含め、九月一日の日記が関連するのでそこで纏めて述べてみたい。

九月一日の日記で渋谷問題は、母多喜が則義の旧友山崎正助宅へ借金返しの折に、「渋谷三郎君《ぎみ》我家《わがや》の婿に周《しゅう》せんせばや、もしは嫁に行給《ゆきたま》ひてはいかゞ」が再燃のきっかけである。この文言だけでは少々分りにくいが、要するに一葉と渋谷の結婚話復活である。多喜はもちろん断り、帰宅後、その話を聞き、世間にはいろいろな人がいるものと、家中、大笑したものの、父則義が渋谷へ望みを懸け、将来、一葉との結婚を要請した時は明確な返答が無いまま行《ゆ》き来《き》を続け、そのため父は、半分まとまったと信じて他界したという。この複雑な心の去来を一葉は日記に書き付けている。一葉は、渋谷の煮え切らない態度をまだ若かったからであろうと善意に解釈している。その後、母多喜が渋谷の意思を確認したところ、「『我《われ》自身《みずから》はいささか違存《（ママ）》もあらず、承諾なしぬ。』」といへり。母君《ぎみ》悦《よろこ》びて、『さらば三枝《さえぐさ》に表立《おもてだち》ての仲立《なかだち》は頼まん』といひしに、『先しばし待給《まちたま》へ。猶《なお》よく父兄《ちちあに》とも談じて』とて、その日は帰りにき」。この時代、結婚は家と家との〝結婚〟ということを考えると、当人の意思はもちろんだが、両親、家族の意見を――まして、一葉が「女戸主」ということから当時の制度上、「入婿」が絶対条件になる。その点も含め、渋谷の手続き手順は間違っていない。いくら元民権運動の〝闘士〟であっても、むしろこれは適切な対応とさえ言える。

だが、問題はこの後にある。「其後《そののち》、佐藤梅吉して怪《あや》しう利欲にかゝはりたることといひて来たれるに、母いたく立腹して、其《その》請求を断り給ひしに、『さらば此縁《このえん》成《な》りがたし』とて破談に成《なり》ぬ。」――が、事の経緯である。当時は一応、仲人を立て、結納金を納め、かつ、先方からの〝袴料〟として応分のお返し等々を経てはじめて「婚約」成立になる。形式はどうであれ、以上の経過を見ると、一葉・渋谷についいては婚約以前ということになりはしないか。一葉はもちろん、母多喜の胸中は納まらなかったに違いない。確かに一葉一家の窮乏等を目の当たりにして「利得」が働いたのであろう。それだけに一葉にしてみれば渋谷に対し、先の〝厭う恋〟云々は別にしても、貧なるが故、この事実を永遠に払拭できなかった。いささか牽強付会であるが、一葉は内々意識のうちに潜んでいた「商売」での方途転換並びに、願わくば「文筆」一本での生き方を密かに期するところがあったといっても過言でなかろう。

つづく日記は時間的経過という鎮静浄化もあったかと思われるが、一葉は渋谷に対し、「我もとより、是《こ》れに心の引かるゝにも非ず、さりとて憎くきにもあらねば、母君《ぎみ》のさまぐ〵に怒り給ふをひたすらに取しづめて、そのまゝに年月過ぎにき」。一方、渋谷も「往復更《ゆきかひ》にそのかみに替《かわ》らず」で、父の一周忌、新年の挨拶、任官して越後出立の時も「我家にかならず立より」手紙のやり取りも従来と変らないという記録は、一葉自身、自己悲惨に陥る事のないよう日記の自分と向き合った慰藉的態度とも取れないこともない。それにしても両人とも常識を超えた冷静さは何か。思うに、この〃破談〃は直接二人を離れた周辺が勝手に動いた結果ともとれる。幸いというのも不謹慎であるが、その後、渋谷が上京の折、「更に昔しの契《ちぎ》りにかへりて、此事《このこと》をまとめんとするけしき、彼方《かなた》にみえたり」。だが「我家やう〳〵運かたぶきて其《その》昔のかげも止めず、借財山の如くにして……」の置かれた家庭の現状に加え、母のプライドが許さなかった。このようにして紆余曲折の縁談も、ついに日の目を見ることなく断ち消えとなる。そうだとしても、前述の「貧」なるが故の気持の問題は容易に片付かない。だが、これが必ずしも渋谷の意思ではなかったことが、一葉にとって幾らか心の傷を少なくしたことがせめての救いといえようか。

3 〃婚約破棄〃?の周辺

前項で「佐藤梅吉して怪しう利欲にかゝりたること云々」は先に触れた。この佐藤梅吉は則義・多喜と同様甲州出身で、かつて真下専之丞の許での家僕時代から則義と生活を共にしていたことがある。一方、母多喜の激怒の原因はそのような関係であったのに、樋口家零落で足下を見透かした態度と、いま一つはその昔、則義からかなりの借財があったらしい。塩田良平氏の『樋口一葉研究』(中央公論社 昭和43・11)の『則義覚書巻三』によれば、「金弐拾五円佐藤梅吉。金六十二銭五厘(六月十一日)

佐藤梅吉より（明治11）。金三円（九月六日、是八七・八月分利子）佐藤梅吉より。金五十銭（同右、明治12）。金六円（是八十円ノ内金）。金四円受取（是八十円ノ内金）（同右、明治14・2）――これは、以後、どのような形で処理されなのであろうか。しかし解明をいまは急ぐ必要がない。もっとも、これだけの貸借関係をビジネスと割り切ることができれば事は簡単だ。だが、母多喜の立腹の遠因にかつて佐藤梅吉救済の事が底辺に漂っているとすれば心情的には複雑だ。

人間は時には事の真偽から離れて、悲劇のヒーロー的被害妄想に陥ることがある。先の渋谷来訪時の日記は、心情的には揺れがあっても、その経過等は概ね間違いないと思われる。それでも既に指摘したように「何のすぐれたる景色もなく云々」も含めた記述はいかがなものか。

九月一日の日記末に、渋谷について、「身は新《にひ》がたの検事として正八位に叙せられ、月俸五十円【注　今日の約五十万円】の栄職にあるあり。」と繰り返している。さらに八月二十二日の傍点部「此人《このひと》かく成りのぼりたるなん、ことに浅からぬ感情」は一体何を指すのであろうか。ふたたび九月一日の日記から、その意味を探って見る。「今この人に我依らんか、母君《ぎみ》をはじめ妹も兄も、亡き親の名まで辱《はづ》かしめず、家も美事《みごと》に成立《なりた》つべきながら、そは一時《いっとき》の栄《さかえ》、もとより富貴《ふうき》を願ふ身ならず、位階《いかい》、何事かあらん。母君《ぎみ》の寧処《やすきところ》を得せしめ、妹に良配《よきつれ》を与へて、我れはやしなふ人なければ路頭《ろとう》にも伏さん、千《せん》家一鉢《げいっぱつ》の食につかん。」は、母妹、そうして樋口の名誉のため月俸五十円検事夫人の可能性に傾きかけた己の弱さ、これを振り切った一葉の意地とプライドが苦渋の選択へ導いたのではなかろうか。【注　「千家一鉢」は出家托鉢《しゅっけたくはつ》の意で、正しくは「三衣一鉢」との事。野口碩氏説】

4 「一葉日記」掲載の渋谷足跡を確認

一葉の日記は、時には小説の〝習作〟であり、若い女性のロマンの要因があることは先にも述べた。渋谷も一葉の前では、時には幾分、ポーズや誇張的表現があっても不思議ではない。さらに、これも前述と重複の部分があるが、一般に渋谷評は厳しい傾向にある。そこで可能な限り、先の日記に記される渋谷関係事項の裏付けとしてその足跡をたどってみた。その一つが新潟地検等関係機関での探索である。ここで「等」の表記は、明治二十五年当時とはいえ、当然の事ながら「部外秘」も少なくない。さらに諸資料はあくまで各機関の担当者の好意によるものであり、私への理解深度を前提にしているだけにその配慮に応えなければならない。しかも次に掲げる資料はものの見事な筆蹟のため、不勉強の私の我流判断に陥る危険がある。そこで判読困難の箇所については、北海道立文書館《もんじょかん》専門員である鶴原《つるはら》美恵子氏の指導を得た。もちろん、字体は旧漢字旧仮名であり、時には変体仮名や略字も見られたが、固有名詞以外は常用漢字に書き改めた。

①

雇用任命ノ儀ニ付上申

当区裁判所検事局ハ他ノ区裁判所検事局ニ比スレハ事件最モ多ク従テ事務最モ複雑ニ有之候得共辛ウ

シテ一名ノ書記ヲ以テ処理シ来リ候然ルニ昨冬以来賭博其他ノ事件俄カニ多キヲ加ヘ殊ニ目下昨年中
事件ノ取調表目ノ調（ママ）製ガ沢山有之到底一名ノ書記ニテハ手回兼候ニ付キ雇一名増員相成度此段奉上申
候成

明治廿五年一月十二日

三條区裁判所
検事代理司法官試補　渋谷三郎　印

新潟地方裁判所検事正　高津雄介殿

②

明治廿五年六月七日

検事任用之儀上申

三条区裁判所検事代理
司法官試補　渋谷三郎

右ハ明治廿四年一月廿二日司法官試補拝命実務修習中同年二月十三日検事代理ヲ命セラレ爾来執務ノ
成蹟ニ見ルヘキモノアリ其後三条区裁判所詰被命単独ニシテ検察事務取扱益好成蹟ニ有之候条検事ニ
任シ十二級俸下賜相成度此段上申候成

③

検事渋谷三郎　本日叙位相成候条位記及御廻候間御達方御度計有之度候也

明治廿五年九月廿六日

波多野司法書記官

追而　宮内大臣宛　受書ヲ徴シ御廻付有之度候也

④

明治廿五年九月廿八日

二　六　号

辞令書伝達之件

貴官叙位ノ辞令書伝達候条宮内大臣宛ノ受書当局へ差出サルヘシ

新潟地方裁判所

検事正　髙　津　雄　介

明治廿五年九月廿八日

三条区裁判所

検事　渋谷三郎　殿

総て公表できないのは残念だが、先の明治二十五年八月二十二日並びに同九月一日付の一葉日記に記される渋谷三郎の検事昇進、叙位、「十二級俸」、つまり、「月俸五十円」等はこれで証明されたと見て間違いない。

5　渋谷三郎・蛍雪と栄光の歩み

渋谷の経歴等については先刻承知の方も多いと思われるが、本書は一葉が当時、想像もつかなかった「女性職業作家」志向とという先駆的〝生きざま〟を一葉に関心をお持ちの多くの方々に知って欲しいという思いから、ここで一通りその足跡を紹介させて頂く。

渋谷三郎は、慶応三年（一八六七）十月十六日、現在の東京都町田市原町三丁目一一六番地で、父徳治郎、母とよの次男として生れる。幼名三次郎。渋谷家は脇本陣「武蔵屋」を営み、徳治郎は晩菘《ばんすう》真下専之丞の妾腹の子。したがって三郎は真下の孫に当たる。「武蔵屋」は維新後、町田郵便局となり、兄・釧次郎が局長。三郎はこれを手伝いながら各種の塾通いを続ける。さらに向学の念やみ難く、姉の夫・北島秀五郎（繭糸業）の援助で明治十八年、東京専門学校（現・早稲田大学）へ進学し、同二十二年卒業。二十三年高文合格、翌二十四年一月二十二日、先の資料②に示されるように新潟二条区裁判所司法官試補、年俸三百円。以後のことは資料②③④の通りである。

同二十五年、幕臣坂本勝之丞（平兵衛とも称す）の養子となり、樋口家と同じく士族坂本三郎となる（後、阪本に改める）。その後、新潟、水戸、東京地裁並びに東京控訴院（現・東京高裁）判事。三十三年八月ドイツ留学。学位取得。帰朝後、法制局参事官、政府委員、行政裁評定官、早稲田大学教授、法学部長を歴任し、第二次大隈内閣成立と共に秋田県知事、山梨県知事（大正5・4・28〜同5・10・13）。後、早大総長（大正6・9・1〜26）。前二者を含め短期間は大隈内閣から寺内内閣への政変が主要因である。また、東京専門学校長、東北興業社長、報知新聞社副社長等々多面的な活躍を経て、昭和六年（一九三一）四月十四日、腸閉塞により六十五歳の生涯を閉じた。一葉との関係については前述したので重複を避ける。

一一　一葉の開き直り

1　自らの足で自立を

度々述べるが、一葉の短い生涯の中で十ヵ月の〝大音寺前〟での生活体験は特筆に価する。先ず、桃水や『萩の舎』から離れ、裃を脱ぎ、文字通りの自立である。ここでは背伸びも虚勢も全く必要とせず、ただ、ひたすらに生きる事のみに奔走する以外の何ものでもなかった。従来の日記にはその片鱗さえも見られなかった「開き直り」、ふてぶてしさが散見する。そこには、いやがうえにも社会の、人生の表裏を見、「生《なま》」の人間が赤裸々に紡ぎ出す社会集団の体臭を感得せざるを得なかった。その意味では今までの古典的傾向から〝写実主義〟的作家の素地が自ずと培われたことは注目すべきである。

例えば転居間もない七月二十五日に日記に、先にも登場した西村釧之助に母多喜が、開店資金の補充と当面の生活諸経費借用申し入れた。だが、釧之助は難色を示した。これに対し、一葉は、「彼《あ》ほどの家に五円、十円の金なき筈はあらず。よし家にあらずとて、友もあり知人もあり、男の身のなさんとならば成らぬべきかは。殊《こと》に母君《ははぎみ》のかしら下ぐる計《ばかり》にの給ひけるをや。とざまかうざまにおもへど、かれは正しく我れに仇《あだ》せんとなるべし。よし仇《あだ》せんならばあくまでせよ。樋口の家に二人残りける娘の、あはれ骨なしか、はらはたなしか。(略)何ぞや、釧之助風情《ふぜい》が前にかしらを下ぐるべきかは」。この〝姉御的啖呵〟の大迫力――借金取りならいざ知らず、他ならぬ「借金」依頼の人間とは到底、想像も及ばない。従来、このような日記の表現は全く見当たらない。この一葉像をどう見るか。

一葉は開店に備えて隣り近所への挨拶回り、さらに資金調整、そうしてこの界隈に相応しい購買力のある商品のリストアップとその商品の陳列工夫、はたまた問屋との交渉等々、今までの生活構造、

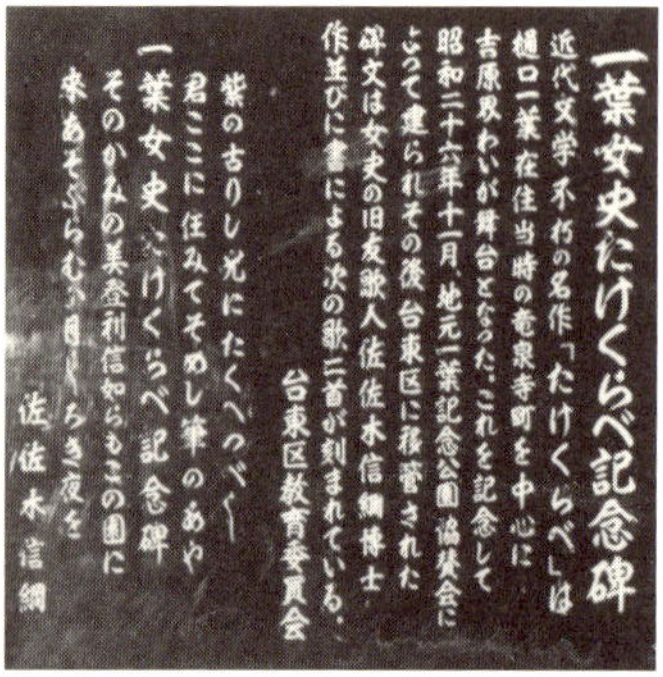

昭和36年5月11日、一葉の旧居に程近い竜泉3丁目18－4に区立一葉記念館が建てられた。逸早い昭和26年11月、地元「一葉記念公園協賛会」の手により、「一葉女史たけくらべ記念碑」を建立。一葉を畏敬する佐佐木信綱博士による一葉顕彰の歌二首刻まれている。なお、「一葉記念館」は平成17年2月仮設(台東区生涯センター3階)へ移転。平成18年秋改築完成予定。

時間的リズムとはおよそ異質な生活様式へと転換変貌。だが、その息つく間もないような慌ただしさの中にあっても一葉は、この土地この町の周辺様相を時には厳しく、時には温かい眼差しでこれを巧みに『たけくらべ』に溶け込ませている。その一例を挙げよう。

2　現実直視の目―写実性と詩魂を巧みに抒情化―

この視線は『たけくらべ』の各所に見られるが、いま、八月三日の日記から紹介する。「昨日《おととひ》の夜、我が門《かど》通る車の数をかぞへしに、十分間に七十五輌成《りやうなり》けり。これをもてをしはかれば、一時間には五百輌も通るべし。吉原かくてしるべし……。」が、後述の第十章にそのまま生かされている。

このようにこの土地の観察習熟度は、『たけくらべ』の冒頭にも顕著に現われている。「廻《まは》れば大門《おほもん》の見返《みかへ》り柳いと【注「大変長い強調の『いと』と、『糸のように』の懸けことば。」】長けれど、お歯ぐろ溝《どぶ》に灯火《ともしび》うつる三階の騒ぎも手に取る如く、明けくれなしの車の行来《いきゝ》にはかり知られぬ全盛をうらなひて、大音寺前《だいおんじまへ》と名は仏くさけれど、さりとは陽気の町と住む人の申《まうし》き。三島神社《みしまさま》の角をまがりてよりこれぞと見ゆる大厦《いゑ》もなく、かたぶく軒端《のきば》の十軒長屋《けんながや》二十軒長や、商《あきな》ひはかつふつ利《き》かぬ処とて半《なかば》さしたる雨戸《あまど》の外に……」などは現在もその面影を偲ぶことが出来る。特に私が最初に歩いた昭和二十年代末はやはり、戦禍の跡が抜け切れてはいなかったが、今より、一層、『たけくらべ』的印象が強かったことを忘れことが出来ない。

ところで、先の『たけくらべ』冒頭の描写に見られる一葉の視線の確かさ、下町の様相を写実的に捉えながらも、一方、温かい視線でそこに住む人々を生々と時には鋭く、そうしてやさしく浮き彫りして安堵感を誘う。作家の瀬戸内寂聴氏が、文京区本郷五丁目一葉ゆかりの法真寺での「一葉忌記念講演」のなかで、「作家は現地へ行って見なければ作品が書けない……」と強調していたのを鮮烈な印象をもって伺ったのを記憶している。

その視点から再び一葉に戻すと、これは引用した箇所すべてに当てはまるが、中でも最後の「半さしたる雨戸の外に……」の部分はその、最たるものと言える。それは、視覚的には半分ほど閉じた雨戸のことで——となるが、これをそのまま言ってしまえば事は簡単だが、その内実は夜、遊廓で下働きをしているいわゆる廓者《くるわもの》が昼間、睡眠をとらなければならない。そのために雨戸を半分にし、暗くして眠りやすくする。しかし、通常の生活をしなければならない家人は僅かの明りで内職に精を出す。この、土地界隈ならではの風俗習慣を一葉は簡潔な言葉でものの見事に言い切っている。これはまさしく一葉筆致の冴えを示す好例の一つである。

私は先の一葉日記の一節が十章で生かされていると述べた。この部分は英文学者で、かの『海潮音』の名訳で知られる上田敏も『たけくらべ』中の絶唱として賞讃した部分である。それは、「春は桜の賑《にぎわ》ひよりかけて、なき玉菊《たまぎく》が灯籠《とうろう》の頃、つゞいて秋の新仁和賀《しんにわか》には十分間に車の飛ぶ事この通りのみにて七十五輌と数へしも、二の替《かわ》りさへいつしか過ぎて、赤蜻蛉《あかとんぼ》田圃《たんぼ》に乱るれば横堀に鶉《うずら》なく頃も近づきぬ。朝夕の秋風身にしみ渡りて上清《じゃうせい》が店の蚊遣香《かやりかう》、懐炉灰《くわいろばい》に座をゆづり、石橋の田村やが粉挽《こなひ》く臼《うす》の音《おと》もさびしく……」の箇所である。

解説するまでもないが、吉原を賑わす三大行事を春の花見から始まって、夏、名遊女「玉菊」の追善供養灯籠流し、つづいて秋の新仁和賀までを僅か一行で言ってのけ、その、やや抽象性を先の日記にも書き付けた「十分間に~七十五輌」と数値でこれをぐっと引き締める。そうして、この界隈中心の喧騒から視線を周辺に向け、「赤蜻蛉」・「鶉なく」・「秋風」の視覚・聴覚・触覚を巧みに捉え、さらにこれを近景・中景・遠景と立体的、絵画的に構成。つづいて、季節の推移を前述の「蜻蛉」、「鶉」、「秋風」の延長線上に、この土地の「藪蚊」対策として欠かせない「蚊遣香」から「懐炉灰」――まさに〝冷房器具〟から〝暖房器具〟へと店頭商品の主役交代を通して季節の変化をさりげなく連動させた筆致の妙は、和歌の素養とはいえ、さすが一葉ならではの感を強くする。

一二　過去憧憬──「文学」の世界との絶縁困難──

1　「田辺査官来訪」──過去の空気が──

明治二十六年十月二十五日の一葉日記に、「此夜、田辺査官来訪、貧民救助之事につきてはなしあり。縁談のこと申来《まをしきた》る。」とある。これは、いささか唐突の感を否めない。縁談は誰が誰に──か、不明だ。この点の詮索はともかく、想像できるのはおそらく所轄交番の巡査が転入者についての調査、しかも女三人住まいの安全等を気づかって何かとアドバイスしたことが想定される。また、縁談云々ということから、少なくとも外的世界の空気が入り込んできた事は間違いない。

したがってここで田辺巡査の来訪により、捨て去ろうとした過去の世界に引き戻されたという事も肯ける。女三人世帯ということから当時としては一往、理由《わけ》ありと警官は判断するであろう。そうして当然、父の職業にも問いが及んでもおかしくはない。母多喜のプライドからその昔、「南町奉行所役人」、維新後は東京警視庁、さらに東京府役人──いってみれば田辺査官は、一葉の父の後輩と指摘されても不思議ではない。そこで「貧民救助」が話題になる。確かにこの近隣には、「四谷、下谷の両貧窟と相対して正三角形最後の起点となる処に一区域あり。また窮民の棲居にして廃屋の集まるもの五百余、陋穢不浄のはなはだしきに至っては、けだし都下貧窟市その第一に位するもの……。」（松原岩五郎『最暗黒の東京』民友社　明治26・11）から一葉も〝貧民〟問題にも関心が少なくなかっただけに、共感を呼んだのではなかろうか。そうして、ここに「経世意識」が高められ、これが〝大音寺前〟転居後の第一作『琴の音』において体現し、やがて『にごりえ』等の底辺につながったと見ることができる。

また、「貧民救助」は田辺査官の話題提示であったとしても、一葉は自らもその近隣住人を忘れてというより、前述のようにこの地への転居は熟慮の結果ではなく、桃水への当て付け、反抗を含めた衝動的行為ゆえの仮の場所。つまり一過性的思考がここで露呈したとも考えることも可能だ。その意味から商売そのものも、いうなれば緊急避難的措置である。人間は往々にして潜在化していたものが、第三者の発言や外的要因によって己の意識の上に頭をもたげてくる事がある。

2　「文学界」とのつながり

一週間後の十月三十一日に『文学界』十号、そうして五号以下のバックナンバーが送られてくる。十一月六日、図書館へ。平田禿木《ひらたとくぼく》から手紙、そうして転居の七月二十日以来、まさに四ヵ月ぶりに「萩の舎」訪問。歌子の側にもこの間の報告事項が山積。「かたみにいはんとする事多かり。思ひせまりては涙さへさしぐみて、とみには詞《ことば》も出ず。」と、感極まる再会である。およそ数カ月の間に変った「萩の舎」の様子を断片的ながら書き付ける……といった具合に個々人の動向もふくめ、その空白を埋めるべく二千三百字に及ぶ「萩の舎」の記録である。これは何を意味するのか。懐旧の念もさることながら、いわずと知れた一葉自身が納得出来る居場所探し以外の何ものでもない。

その翌日、図書館へ。十八日、「禿木子来訪《とくぼくしらいはう》。文界の事につきてはなし多し」。二十三日には「星野《ほしの》子《し》より『文学界』の投稿うながし来る」。一葉は「いまだまとまらずして、今宵《こよひ》は夜すがら起居《おきゐ》たり」。とあるところから原稿執筆を承諾したことが分る。そうして、そのための徹夜。二十四日も「終日《ひねもす》つとめて猶《なほ》ならず。又夜《またよる》と共にす」。と徹夜の連続。「二日二夜《ふつかふたよ》がほど露ねぶらざりけるに、まなこはいともさえて、気はいよ〳〵澄行《すみゆく》ものから、筆とりて何事をかゝん」としても、おもうことはまるで「雲の中を分《わ》くる様に、あやしうひとつ処にも行《ゆき》かへるよ。」と筆が思うように進まない嘆きが記されている。そのうちに一番鶏の声が聞え、隣家の戸を明ける音。当時は車井戸で、その水汲む音を気にしながらも「唯雲《ただくも》の中に引入るゝ如く成《なり》て、ねむるともなくしばしふしたり」。二十五日、「霜いとふかき朝にて、ふとみれば初雪ふりたる様也《やうなり》。ねぶりたるは一時計成《いつときばかりなり》けん。」とあるように、一葉はほんの僅かしか眠っていない。それにもかかわらず、早速、金杉町《かなすぎちやう》へ菓子の仕入れ。帰宅後、筆が進んで午前中に清書が終り、郵便で『文学界』の編集・経営者である星野天知へ送稿したのは午後一時ころ。『文学界』同人の禿木にもその結果を葉書で知らせる。その作品は『琴の音』であり、稿料も天知の裁量で一葉と北村透谷にのみに支払われたという。一葉のこの張り切りようはすさまじい。前述の〝居場所〟探し、ひるがえって現状脱出のための至近距離……。したがって以後、『文学界』とのつながりは一層、緊密になり、『雪の日』、『花ごもり』、『暗夜』、『大つごもり』そうして『たけくらべ』などが天知の世話で、『文学界』に掲載という関係が出来上がる。

3 「日清戦争」その前夜―国際・政治社会問題への関心―

これからの日記の頻度は、専ら「金策」と『文学界』の連中の接触が中心になる。十一月二十七日、「天知子より状来《ふみく》る。一両日中に来訪あるべきよしなり」。同二十九日「禿木子より状来る」。十二月一日、「『文学界』十一号来る。花圃女が文章、めづらしくみえたり」。から、はたまた「議長不信任問題上奏案《じやうそうあん》の可決なしたるよし。」などに続いて、二日、「議会紛々擾々《ふんぷんぜうぜう》。私行《しかう》のあばき合ひ、隠事《かくしごと》の摘発、さも大人げなきことよ。」と、今日と変らない政界・議会の混乱、政治への批判も散見する。当時の新聞を検索してみると、「全国取引所から収受したといふ　星亨《ほしとおる》の大量収賄誹謗事件」（明治26・11・25）、「星亨収賄事件・一万円の行方」（同11・26）、「星衆議院議長不信任案可決」（同11・30）、「星議長を懲戒」（同12・3）、「懲罰又懲罰　常軌を逸した衆議院　感情問題で匹夫野郎の喧嘩ぶりを発揮」（同12・13）といった具合に第五議会の冒頭、収賄と職権乱用に批判が集中し、これが議長不信案提出に繋がった。また、「対韓事件」、「千島艦沈没」をめぐる上海での日英係争、条約改正等国内外の諸問題にも触れている。そうして、このような事に関心を持つと物好きな女と世間から噂され、また、後の世から冷笑されても「かゝる世に生れ合わせたる身の、する事なしに終らむや」。つまり、何もしないで終ってよいのであろうか。それにしても恥かしきは女の身であることです――は、男性作家に伍して物書き志向としての対社会・政治的関心へのポーズだけとはあながち言えないかもしれない。さすが、「女性職業作家」を志向する一葉のもう一つの意欲的な側面――、〝憂国の女〟を見る思いである。つづいて「吹きかへす秋の、風にをみなへえし　ひとりはもれぬのべにぞ有りける」と書きつけている。高橋和彦氏の通釈を紹介すると、「吹いてくる強い秋風に、女郎花である私だけが吹かれないでいるというわけにはいかないのです」（『樋口一葉日記』アドレエ一九九三・一一）。

もっとも、一葉が慨嘆する当時の世情は、「日清戦争」その前夜で「東学党暴動今や油断ならず」。日本が始めて外国と戦火を交える「日清両国遂に開戦清艦まづ発砲し我が艦応戦」（『時事新報』明治27・7・27）、遂に同八月二日「詔勅の宣戦」（官報）、「諸外国に向って交戦を通告」（『時事新報』同8・2）の厳しい状況が各紙のトップに重く伸し掛かっている。そのさ中で、まさに未曾有の緊張状態がつづき、全国民が固唾を呑んで戦局を見つめていたことはいうまでもない。一葉が政治批判を日記に記載した前後の世情を当時の新聞から拾っても、物情騒然の様相は枚挙に暇がない。したがって、ひとり〝女戸主〟に限らないでも、一葉の気質から見て、これらの世相の動きには敏感であったはずだ。しかも、時代相の表層描写に留まらず、自分の目でその内実に一歩、踏み込んで意識化する作家精神は驚嘆に価する。

金策へ視線を移す。二十六年十二月七日、広瀬伊三郎から高利の金を借りる。「高利の金」とは野口碩氏の調べによれば、「貸し付けた当日から利子をかけ、日済で少しずつ返済させながら高利の利子を取る貸し方」とのことである。一葉自身も「かゝる事、物覚えてはじめての事也。」と記していることから、〝特殊〟的貸し付け方法が想像される。そうして、この表記からも一葉一家は、相変らずお金のやり繰りに困窮していたことが分る。また、則義が生前、山梨・後屋敷村在住の多喜の弟・芹沢卯助に貸した残金を多喜が返済督促に山梨へ出向いたり、八日、長女ふじの嫁ぎ先へ借金の相談等、苦しい金策の明け暮れだ。

暮れも迫った十二月二十八日、天知《てんち》から「壱円半送り来る。『文学界』十二号に出したる『ことのね』【注 『琴の音』を指す】の原稿料なり。平田君《きみ》より状《ふみ》来る」。原稿料はたとえ少額とはいえ、先にも述べたように星野天知が一葉に対し、生活への配慮は自明のことであるが、やはり一葉の文学的才能を見抜いての特別待遇である。そうして、これは稿料の多寡にかかわらず文筆による生活転換の転機と考えるの当然ではあるまいか。

二十七年一月一日、「あさのほど少し雪ちらつく。今日のせわしさ、たとふるにものなし。終日《ひねもす》、くにと我れと立《たち》つくすが如し。礼者《れいしゃ》なし」。ところが七日、「むかひがはに同業出来る」。元日、幸先がよかっただけに一葉一家にとってこれは一大衝撃となった。その結果、八日、当然、「あきなひはひま也《なり》」となる。一方、十日、『文学界』の「平田君《ぎみ》より状《ふみ》」。十三日、「星野君《ぎみ》はじめて来訪」。十五日、「平田君より状《ふみ》来る。」と、『文学界』関係者の書状及び来訪者が頻繁である。

4　日記の空白——重大決意を——

『文学界』への続稿要請はさらに一葉をして「執筆」活動専念の決意を促がす要因になったことに想像がいく。『文学界』は内容面に於いても、一葉が今までの和歌を中心とする古典学習、あるいは桃水などに見られる新聞小説世界とはおよそ趣を異にしていた。経営者兼編集の星野天知をはじめ平田禿木、戸川秋骨、北村透谷、島崎藤村、馬場孤蝶、上田敏等々西洋文学はもとより、西洋ロマンチシズム、同人たちの若々しい情熱を伴って一葉の心を揺さ振ったはずだ。一方、伊東夏子からも聞かされていたキリスト教の世界——この点についても『文学界』との接触により、なお一層、思想深度を加え、そこには新しい空気がさわやかに漂っていた。文学復帰、ひたすら書くこと。ただ書くこと。そのための裏付けとして生活の保証、この一点が一葉にとって焦眉の急であった筈だ。

日記は前項の一月二十日から二月一日まで空白である。これは何か。一葉の日記空白、纏め書きは珍しいことではない。だが、この度はいささかニュアンスが違うように思える。それは日記再開の二月二日にその答がほのめかされているのではなかろうか。

明治二十七年二月二日。「年始に出《い》づ。きるべきもの、塵ほども残らずよその蔵にあづけたれば、仮そめに出でんとするものもなし。邦子の、からうじて背中と前袖《まへそで》とゑりさま〴〵にはぎ合せて、羽をりだにきたらましかば、ふとははぎ物とも覚えざる様に、小袖一《こそでひと》かさねこしらへ出たり。これをきて出《いづ》るに、風ふくごとの心づかひ、ものに似ず。寒風おもてをうちて寒さ堪えがたき時ぞともなく、冷汗のみ出るよ。此月《このつき》いはふべき金の何方《いづかた》より入るべきあてもなきに、『今日は我が友のうちにてもこしらへ来ん』とて家を出《い》づ」。春秋に富む若い娘が新年挨拶を兼ね、切羽づまった金策。しかも、この「はぎ物」の様相。現代の若者ならばこれを、どのように見るであろうか。

最後の頼みどころ伊東夏子には「かねてよりの負財も多し、又我心をなごりなき知りたりとも覚えぬ人にかゝる筋のこと度々いふべきにもあらず。いかにせん」と伊東夏子への甘えの限度を認識しながらも、かといって妙案も浮かばない。西村釧之助も頭をよぎったが、開店資金融通難色の件もあり「我はもとより、こびへつらいて人の恵みをうけんとにはあらず。いやならばよせかし。よをくれ竹の二つわりに、さら〱といふてのくべきのみとおもふ。」とはいいながらも、結局、西村を最後にして坂本町で車を雇い、父則義が仕官していた旗本菊池家の元同僚で湯島に住む安達盛貞へ先ず顔を出し、次に姉ふじの家では玄関先でのみ挨拶、小石川の歌子先生の許で車を返す。歌子から三宅花圃が夫「雄次郎君の内政之いとくるしく、たらずがちなるに、例之才女の、かゝる方におもむくこゝろ深く、かくとはおもひたゝれし成るべし」。花圃が誇りの三宅雪嶺でさえも家計のやり繰りは意外に容易でない事が分る。一方、師の歌子も一葉に歌門を開くこと盛んに勧める。独立のレベル証明を与えてくれた事は感謝以外のなにものでもない。しかし、師への看板料を含めた謝礼、一門を構えるための莫大の諸経費を考えると即答できる性質のものではない。次いで本日の主目的、西村で昼食。金の都合は明日知らせる云々を確約し、根岸の藤本藤陰を訪ねたが転居らしく会えず、最後に伊東夏子のもとで夜更けるまで語り、車の好意をうけ帰宅。問題は金策効果の記載が無い事が気になる。

長い引用、そうして解説となったのは、先に日記空白の秘密は二月二日の日記にあると述べたからだ。またまた、繰り返しになるが、その後、十七日「平田君《きみ》より状《ふみ》来る。『文学界』投稿」促がし。また、星野天知からも同様の状。つまり、この辺りは事務的記録に過ぎない。結局、この間、一葉は重大問題を決定するための検討期間が必要であった。それは一葉・背水の陣ともいえるスポンサー経済協力者の選定——換言すると本稿の第二の主題である「奇蹟の十四ヵ月」の背景に関係する「久佐賀義孝問題」へ発展することになる。

一三　一葉・〝奇蹟の十四ヵ月〟の要因――「久佐賀義孝問題」の再確認――

1　一葉・「死」の認識と〝スポンサー〟探し

一葉は明治二十七年十二月、それまでの古典的作風を一変し、人間として社会生活上避けられない肉親のしがらみと金銭の抑圧をテーマにした『大つごもり』を『文学界』に書き、市井作家として注目された。また、名作『たけくらべ』を翌二十八年一月から二十九年一月まで『文学界』に七回にわたって連載しながら、一方、『にごりえ』『十三夜』『わかれ道』『裏紫』等の問題作を同時並行執筆し、同二十九年十一月二十三日、あたかも彗星のごとく二十四歳と六ヵ月の短い生涯を閉じる。以上は周知のことながら一応、導入への手続きとして了承願いたい。

ところで、世に「奇蹟的」なことがあっても〝奇蹟〟はない。だが、この「十四ヵ月」はまぎれもない事実だ。しかも、問題作と『たけくらべ』が同時並行執筆されたことも驚異的ともいえる。もっともここには未定稿『雛鶏《ひなどり》』を敷延した詩的叙情性豊かな『たけくらべ』執筆という明の世界と、先の『にごりえ』等を中心とする暗の世界との相乗効果も否定出来ない。それはともかく、私はこの〝後期〟一葉文学の原点解明に二つの視点を見る。一つは長兄泉太郎の死が二十四歳。しかも「結核」。また、両親の郷里、山梨にいた従兄幸作が入院先の東京上野桜木町丸茂病院で死去。一葉はその日の日記（明治27・7・1）に「十時頃成けん、桜木丁より使来り、幸作死去の報《しらせ》あり。母君驚愕、直に参らる。からはその日寺に送りて、日ぐらしの烟《けぶり》と立ちのぼらせぬ。浅ましき終を近き人にみる、我身の宿世《すくせ》もそゞろに悲し」。翌二日、「早朝、母君およびおくらと共に、ひぐらしに骨ひろひにゆく。山川程を隔てたる叔甥の、おなじ所に烟とのぼるは、こものがれぬ宿縁なるべきにや。」と悲壮感に慄いている。ここでいう「おくら」は幸作の妹である。

私はこの「即日火葬」に疑問を抱き、多くの関係機関を探索調査した。その結果、別表にある厚生省（現・厚生労働省）保管の「官報」（明治17・10・4）「布達」に行き着いた。それによると、やはり現行同様、「死体ハ死後二十四時間ヲ経過スルニ非サレハ埋葬又ハ火葬ヲナスコトヲ得ス」とある。そうして「但別段ノ規則アルモノハ此ノ限リニアラ

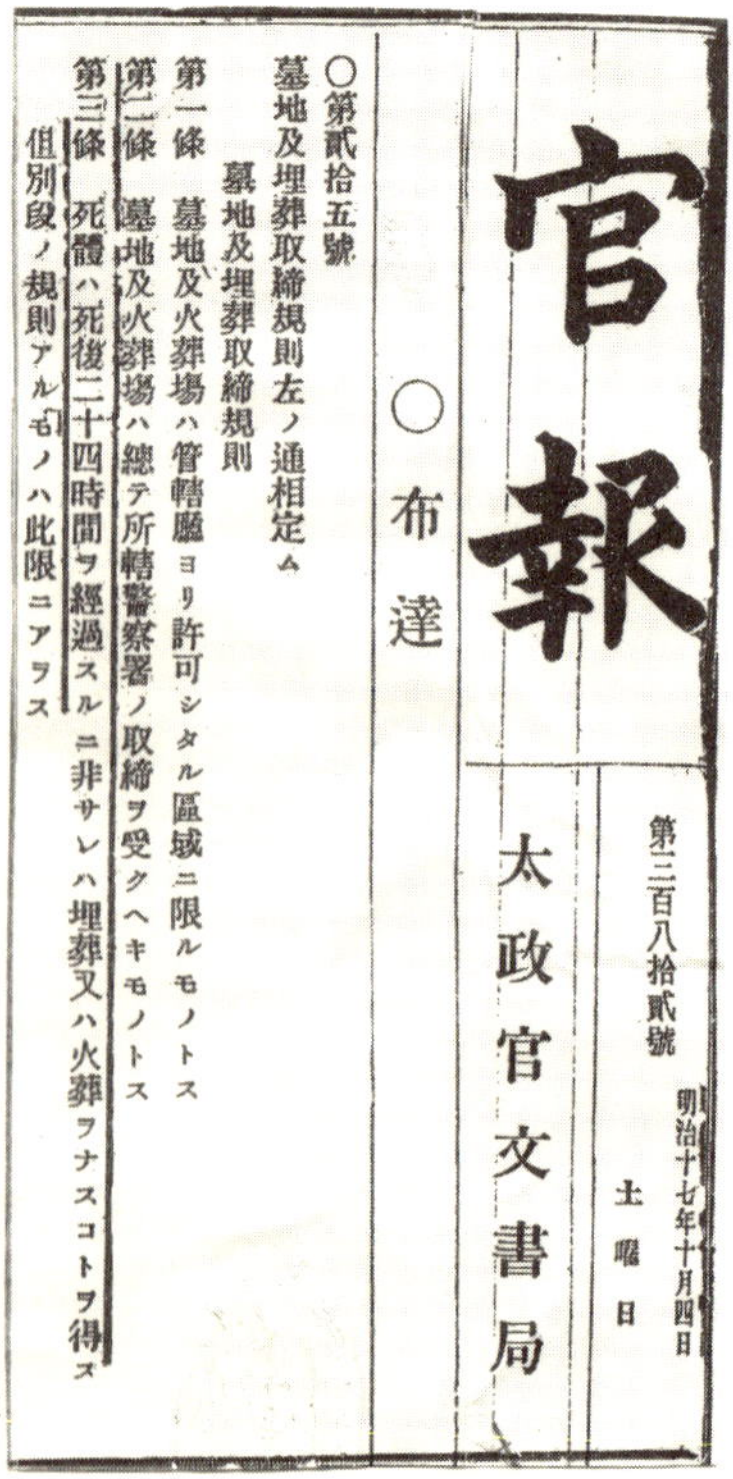

官報

第三百八拾貳號　明治十七年十月四日　土曜日

太政官文書局

○布達

○第貳拾五號

墓地及埋葬取締規則左ノ通相定ム

墓地及埋葬取締規則

第一條　墓地及火葬場ハ管轄廳ヨリ許可シタル區域ニ限ルモノトス

第二條　墓地及火葬場ハ總テ所轄警察署ノ取締ヲ受クヘキモノトス

第三條　死體ハ死後二十四時間ヲ經過スルニ非サレハ埋葬又ハ火葬ヲナスコトヲ得ス

但別段ノ規則アルモノハ此限ニアラス

明治17年10月4日『官報』

ス」の項を発見した。

つまり幸作は「別段ノ規則」（結核を含む伝染病）に該当したのだ。一葉は泉太郎と同じ屋根の下での生活から直接感染も不思議ではない。したがって長兄の死の軌跡を我が身に重ね、さらに幸作の死がこれに追い打ちをかけ、「死」の感覚はリアリティを伴って一葉を脅かしたはずだ。

2　鑑術家「久佐賀義孝」広告の魅惑

一葉は、『文学界』との繋がりから作品執筆にはある程度、自信をもってみたものの生活がこれと連動しない。そこで当時の書生達にみられた「末は博士か大臣か」の〝出世払い〟に示唆され、いわゆる〝スポンサー〟探しに腐心した。これが第二の側面である「鑑術家久佐賀問題」へと繋がることになる。なお、「鑑術家」なる職称は『日本紳士録』（明治29年度版　交詢社刊）によるものである。したがって久佐賀当人の意思と考えてよかろう。

ところで、私事で恐縮だが、私は昭和二十八年（一九五三）、卒論のテーマに「一葉・奇跡の十四ヵ月」を構想した。もちろん、その時点では和田芳恵氏ネーミングの「奇蹟」なる言葉は無かった。さらに近代文学は当時、「国文学」の範疇外。しかし、タイミングよく風巻景次郎教授と東大同期で一葉の権威塩田良平先生、さらに後輩の吉田精一先生から近代文学の集中講義を受けた。一葉は、風巻教授が専門とする源氏・新古今、野田寿雄助教授（後に教授・学部長）の専門でもある西鶴とも関係が深いことから、卒論に一葉を取り上げることの承認を得た。その後、一葉が関心を抱いたであろう鑑術家久佐賀義孝氏の新聞広告探索を検討したが、戦後の混乱が続き、明治時代の新聞所在確認と関係部分のリストアップに思わぬ時間と労力を要した。ようやく昭和三十三年から道内外の各図書館や新聞社等での調査を始めることが出来た。しかし、当時、札幌から東京まで連絡船を含め二十三時間余、未だマイクロフィルムどころか縮刷版もなく、埃だらけの新聞を一枚一枚めくり続けた。そうして十三年後の昭和四十六年にようやく各紙掲載の広告を発見した。いま、これを列挙すると、『読売』（明治24・4・25、8・20、8・21、9・4、9・5、同26・7・16）、『中外商業新報』（同24・10・25）、『毎日』（同25・1・1、1・16、2・23）、『中外商業』（同25・3・3）、『国民新聞』（同25・3・29）、『時事新報』（同25・7・27）、『中外商業』（同25・11・25）、『朝日』（同26・7・16）、『中外商業』（同26・11・23）、『中外商業』（同27・1・13）、そうして同二十七年二月十一日の『東京朝日』等である。なお、明治二十七年一月一日の『朝日』説を述べる人もいるがこれは間違い。「社告」により同二十六年十二月三十日から同二十七年一月二日まで休刊とある。ただ、『時事新報』の明治二十七年一月一日には、鑑定同業者の「佐藤観元」の広告はある。

　ところで日時は遡るが、明治二十六年七月十四日の一葉日記に、従来の『国会新聞』から「今日より『東京朝日』にかへたり」とある。これは桃水が『朝日』に『五月闇』連載開始を契機にともとれる。一方、他紙もさることながらたまたまその直後の十六日にコンパクトであるが久佐賀の広告から〝予備知識〟を――また、西村釧之助が〝相場〟をはっていたことから、久佐賀について既に若干の

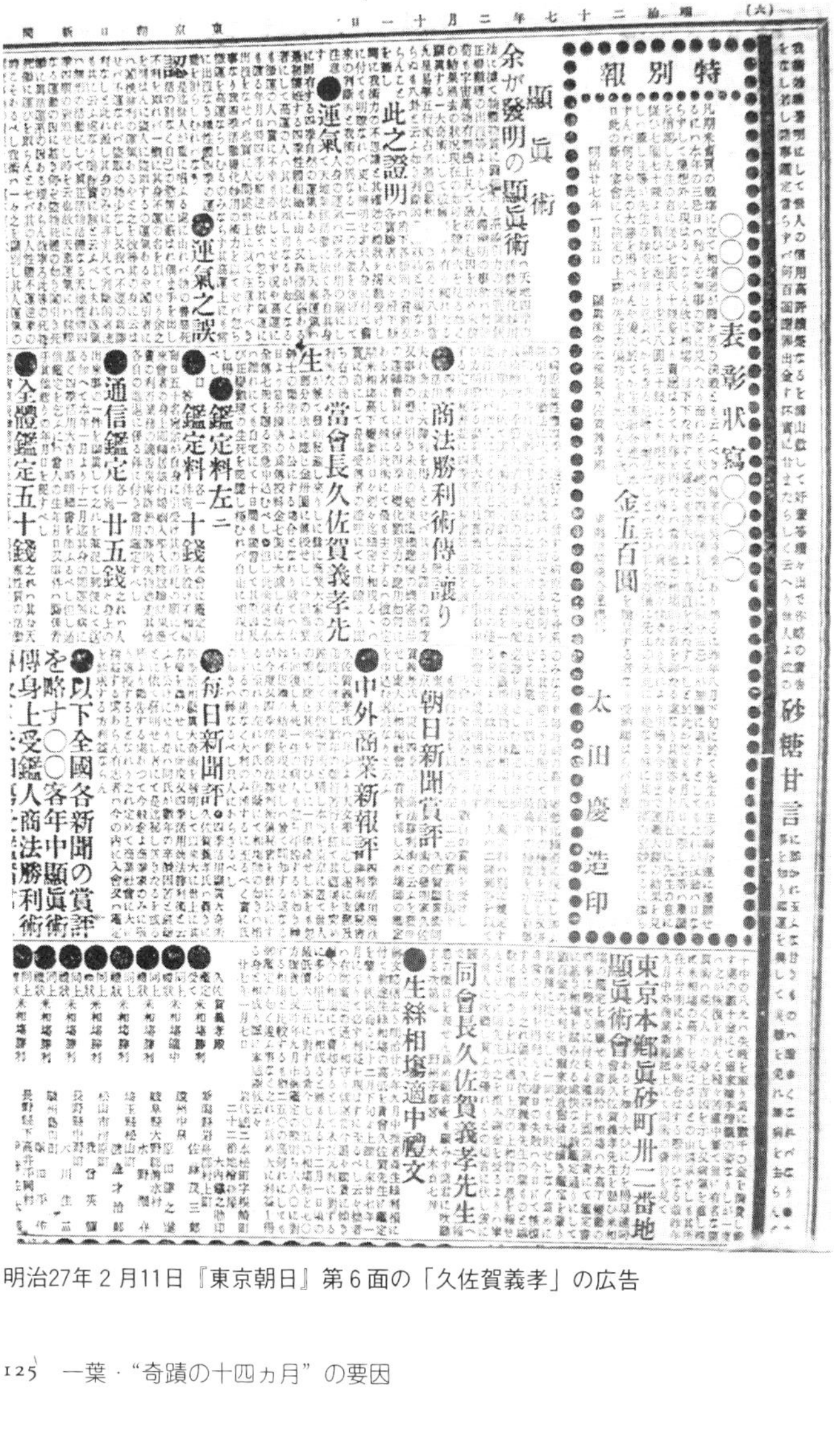

明治27年２月11日『東京朝日』第６面の「久佐賀義孝」の広告

情報を得ていたかも知れないが、とにかく数多い久佐賀広告の中でもこの明治二十七年二月十一日の『東京朝日』第六面全段網羅に近い広告（一四三頁）は一葉を刺激するには充分であったはずだ。

3 「秋月《あきづき》」と偽名で単身久佐賀訪問

この、久佐賀広告からおよそ十日後の二月二十二日の一葉日記に「かみあらひ」の一言。なぜ、この一事のみを記したのか。洗髪など日常茶飯事――思うに〃生活経済援助者〃模索の延長線上に後に示す二月十一日付の久佐賀広告を見、はやる心を抑えつつ行動へ移すことへの躊躇逡巡の末、まさしく沐浴斎戒、短刀を懐に〃敵地〃に乗り込むにも似た悲壮な自己叱咤と決意以外の何ものでもなかろう。そうして翌二十三日、「秋月」と偽名を使っての久佐賀訪問は周知の通りである。一葉の日記空白は格別珍しいことではない。だが、久佐賀広告の二月十一日以後、久佐賀訪問前までの〃空白〃は看過できない。それはこの空白に二十二歳の娘一葉が人生最大の〃賭け〃とも言える久佐賀訪問への孤独な煩悶が水面下に揺曳していると見る。したがって一葉は日記を書きたくとも書けなかった。記録は虚実程度の差こそあれ、自分と向き合う事であり、ある意味では自己客観化に他ならない。伊東夏子が「詞《ことば》に慎みのある人には、日記は、自分の思いの発散場所だったのです。」（『一葉の憶ひで』）とも述べている。その証拠に二月二十三日、久佐賀訪問当日の日記はここしばらくの鬱積を一気に奔出するがごとく約四千字に迫るものである（一五〇頁参照）。

一葉は背後に忍び寄る「死」の影から、これを契機にまさに背水の陣的緊迫感で経済援助を獲得すべく必死の接触がつづく。この間の詳細な経緯については拙著『一葉文学成立の背景』〈第一章　後期一葉文学の一側面―久佐賀義孝問題の再検討―〉並びに注評釈『樋口一葉』（おうふう）で久佐賀から一葉宛ての書簡十通を紹介し解説を試みたので努めて重複を避けるようにしたい。そうして、一葉は久佐賀に対し、当時としては珍しい多彩な経歴までは知悉していたかどうかは別としても、ひとり経済援助のみではなく、従来、一葉を取り巻く男性像とは異質のタイプと、『人間哲学』・『天啓顕眞秘術書―巻之一・二・三傳』・『人類に関する季節学的研究』・『自然之亨福』等々、久佐賀の各著書に見られる該博な知識に対して作家的嗅覚がこれを見逃す筈が無い。したがって、先に掲げた作品例にも久佐賀体験が揺曳し、それまでの作品に描ききれなかった性のにおいと彩り、その陰影、襞を濃厚にしたことは間違いない。

4　久佐賀義孝の人物像

ではその〝謎〟めいた久佐賀義孝とはどのような人物なのか――多くの人々からの質問にも応えるため、東京銀座「交詢社」での『日本紳士録』探索、また『京濱実業家名鑑』（一四〇頁）、『大衆人事録』、関係役所、久佐賀氏居住周辺寺院の「過去帳」等々可能な限り探査を続けたが、関東大震災、東京大空襲等戦禍の関係からか詳細は杳《よう》として不明。一葉没後は一葉文学との関連性希薄と半ば諦めな

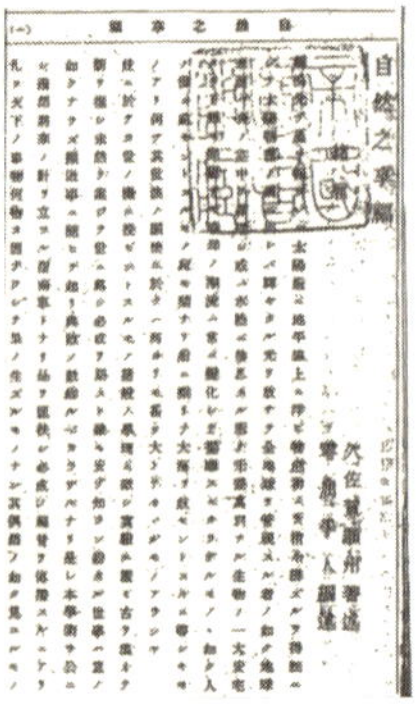

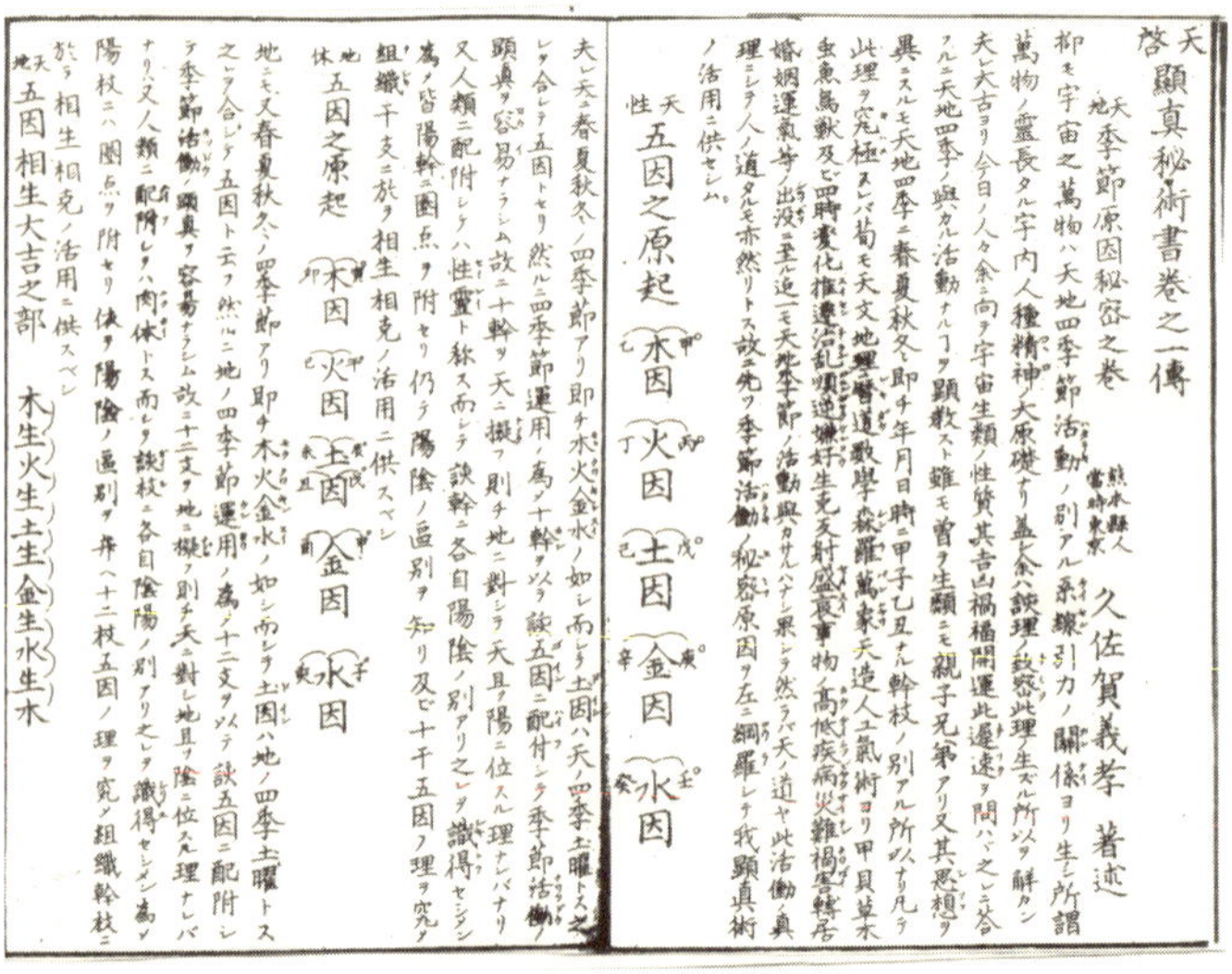

天啓顕真秘術書巻之一傳

天地季節原因秘容之巻

熊本縣人 當時東京 久佐賀義孝 著述

抑モ宇宙之萬物ハ天地四季節活動ノ別アル引力ノ關係ヨリ生ミ所謂萬物ノ靈長タル宇内人種精神ノ大原礎ナリ益ス余ハ訣理ノ秘容此理ノ生ズル所以ヲ解カン夫レ天古ヨリ今日ノ人々余ニ向テ宇宙生類ノ性質其吉凶禍福開運此遷遠ヲ問ハヾ之レニ答フルニ天地四季ノ與カル活動ナル了ヲ顕教スト雖モ曽テ生顕ニモ親子兄弟アリ又其思想ヲ異ニスルモ天地四季ニ春夏秋冬ト即チ年月日時ニ甲子乙丑ナル幹枝ノ別アル所以ナリ凡テ此理ヲ究極スレバ苟モ天文地理醫道數學森羅萬象天造人工氣術ヨリ甲貝草木虫魚鳥獣及ビ四時變化推遷治乱順逆嫌好生克夭肘盛衰事物ノ高低疾病災難禍害轉居婚姻運氣等ノ出没ニ至ル迄一モ天地季節ノ活動與カサルハナシ果シテ然ラバ天ノ道ヤ此活働ノ真理ニシテ人ノ道タルモ亦然リトス故ニ先ツ季節活動ノ秘容原因ヲ左ニ綱羅シテ我顕真術ノ活用ニ供セシム。

天性 五因之原起

甲 乙 木因

丙 丁 火因

戊 己 土因

庚 辛 金因

壬 癸 水因

夫レ天ニ春夏秋冬ノ四季節アリ即チ木火金水ノ如シ而シテ土因ハ天ノ四季土曜トス之レヲ合シテ五因トセリ然ルニ四季節運用ノ為メ十幹ヲ以テ該五因ニ配付シテ季節活働ノ顕真ヲ容易ナラシム故ニ十幹ヲ天ニ擬ス則チ地ニ對シテ天且ツ陽ニ位スル理ナレバナリ又人類ニ配附シテハ性靈ト称ス而シテ訣幹ニ各自陽陰ノ別アリ之レヲ識得セシメン為メ皆陽幹ニ圏点ヲ附セリ仍テ陽陰ノ區別ヲ知リ及ビ十干五因ノ理ヲ究メ組織干支ニ於テ相生相克ノ活用ニ供スベシ

地体 五因之原起

寅 卯 木因

午 巳 火因

辰戌 丑未 土因

申 酉 金因

子 亥 水因

地ニモ又春夏秋冬ノ四季節アリ即チ木火金水ノ如シ而シテ土因ハ地ノ四季土曜トス之レヲ合シテ五因ト云フ然ルニ地ノ四季節運用ノ為メ十二支ヲ以テ該五因ニ配附シテ季節活働ノ顕真ヲ容易ナラシム故ニ十二支ヲ地ニ擬ス則チ天ニ對シ地且ツ陰ニ位スル理ナレバナリ又人類ニ配附シテハ肉体トス而シテ該枝ニ各自陰陽ノ別アリ之レヲ識得セシメン為メ陽枝ニハ圏点ヲ附セリ体ヲ陽陰ノ區別ヲ弁ヘ十二枝五因ノ理ヲ究メ組織幹枝ニ於テ相生相克ノ活用ニ供スベシ

天地 五因相生大吉之部

木生火生土生金生水生木

久佐賀義孝氏晩年の写真（遺族の提供）並びに著書の一部

がらも究明の気持は絶ち難かった。ところが平成十五年（二〇〇三）三月末から四月半ばにかけて、『北海道新聞』から「私のなかの歴史」を記者の聞き書き方式で十一回連載の機会を得た。記者のソフトな表記が効を奏したのであろう――久佐賀氏関係者から極めて好意的な情報提供を頂戴した。その中心の方が久佐賀家十二代の当主で、現在、北海道後志《しりべし》管内倶知安《くっちゃん》町字八幡《やはた》在住の久佐賀輝大氏（農業）である。

久佐賀氏の先祖は遠く朝倉氏が出自という。朝倉氏の本姓は日下部。人皇三六代孝徳天皇の皇子表米親王に遡るといわれ、親王の子荒島王にはじめて日下部の姓を賜わり、但馬国に下向。その裔宗高、その子高清になって始めて朝倉と称す――と、系図の冒頭にある。以後、詳細な系譜が保存され、日下家の歴史が記録されている。そうした累代を経て天正二年（一五七〇）尾張国愛知郡《ごおり》に生まれた日下《くさか》清太郎へと繋がっていく。以後、日下家は加藤清正に仕える由緒ある名家で、朝鮮出兵に当たって清正公に従って大活躍をし、足軽から三百石に取り立てられ、名も「日下与助元吾」と改名する。慶長五年（一六〇〇）関ヶ原合戦の宇土城攻めでは大手門攻略の主将に選ばれ、敵将、古橋又之進を討ち取り、落城の導きから千石の加増により千三百石の〝大番頭〟格へ抜擢。その名も日下部監物清圓と改名する。だが、慶長十六年（一六一一）六月二十四日、主君清正公逝去、後の改易時、細川家からの誘いも「賢臣二君に仕えず」を貫き、あまつさえ主君や先祖の菩提を弔うため剃髪して「入道」となり、熊本・上益城郡甲佐郷三賀太田平に庵を構え、寛永十九年壬午年（一六四二）七月一日、享年六十九歳でその波乱と栄光の生涯を閉じた。その繋がりから現在、久佐賀家は熊本県上益城郡甲佐町の一角に

久佐賀家独自の広大な霊園

久佐賀家初代　日下部監物入道清圓之墓

霊園内の納骨堂

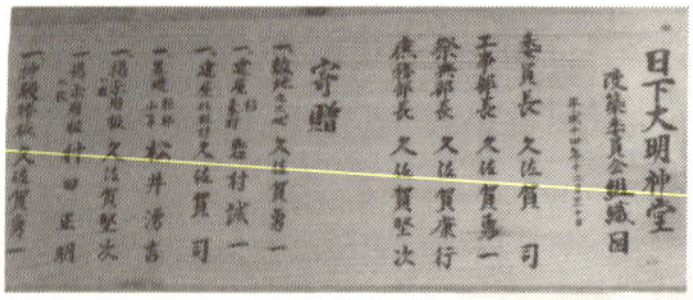

平成15年４月に改築された
日下大明神堂

広大でしかも静謐、自然豊かな丘陵に独自の霊園を擁し、「初代日下部監物入道清圓之墓」を中心に七基の墓碑と重厚な納骨堂も遺族関係者の手で守られている。また、さらに平成十五年四月、隣接地域に一族揃って資金を拠出し、「日下大明神堂」を改築建立し、これを奉納したのもこの武士道の矜持と大義貫徹への崇敬鎮魂の謂に他ならない。なお、「久佐賀姓」は明治以後とのこと。義孝氏の孫さん方も四人健在で大学教授、大手会社の重役もおられ、それぞれ社会的活躍を続けている。

なお、二代以降についてもその輝かしい足跡が記録されているが、本稿趣旨からやや遠くなるので省略する。

5 熊本・久佐賀宗家、北海道へ移住—遺族から義孝氏の情報提供が—

関連してやや横道にそれるが、一方、輝夫氏の曾祖父久佐賀吉三郎・曾祖母チセの両方《ふたかた》が明治二十五年（一八九二）四月、九州熊本から北海道空知《そらち》管内滝川に入植。以後、農業の傍ら木工場を経営、そうして歌志内《うたしない》（現・歌志内市）、苗穂《なえぼ》（現・札幌市東区）に移住し雑穀業を営む。父義男氏は昭和四年五月、倶知安町寒別に移住し、昭和二十一年（一九四六）に現在の八幡で農業を——輝夫氏は弟妹子息に諮って久佐賀家が滝川に入植して百二十年、両親が現在の倶知安町八幡に移住して五十五年、その先祖が「北の大地に挑み、自然とともに生きてきた父祖たちの真摯な歩みと精神を後世に継承して行きたい」と願い、春夏秋冬、秀峰羊蹄を仰ぎ見つつ郷土発展に心血を注いだその功績を顕彰する〝開拓

久佐賀義孝氏の眠る墓所＝東京・本駒込「長源寺」（筆者撮影）

記念碑〃を構想――輝夫氏は倶知安町農業委員、倶知安町土地改良区総代、倶知安町農政推進協議会書記長（農民連盟）の農業関係の役員の他、八幡小学校ＰＴＡ会長、さらに倶知安町文化協会理事・倶知安啄木会副会長として啄木歌碑及び各種文学碑建立並びに多くの文化活動の推進等、文学に理解と造詣が深く、しかも限り無く謙虚な人である。したがって慎重に検討の結果、先祖顕彰の思いを昭和九年（一九三四）五月二十五日、倶知安に立ち寄った林芙美子が残した『田園日記』に重ね、父義男氏の二十五回忌、母よ記氏の十三回忌の平成十三年六月十五日、「えぞ富士の頂の白い雲が浮いて気持のいゝ風がそよそよと吹いてゐた（略）」との一節を刻んだ「林芙美子文学碑」を文字通り羊蹄が眼前に迫る自宅庭園内の一角に建立した。そうして、つづく並列建立の碑文には「羊蹄山の頂に浮かぶ白い雲を仰ぎ、さわやかな大気のなか、恵まれた自然に親しんで農業を営んできた久佐賀家の歩みを、私の好きな林芙美子『田園日記』の一節に託して碑とした。（略）」とその経緯が記されている。

また、輝夫氏の配慮で熊本在住の親戚、さらに義孝氏直系の孫さんからの情報により、詳細な「久佐賀家直系傍系家系図」（一三四頁）、「久佐賀姓の由来」、「久佐賀家関係年表」、さらに義孝氏終焉の地、没年月日、墓所、晩年の写真までの配慮に預った。ただ、前述のように東京大空襲の折、蔵焼失というアクシデントから更なる貴重な資料が消滅されたとのことである。私は直ちに先にも紹介した札幌大の教え子・河森計二君の協力を得て東京・文京区本駒込二丁目三四―八の「長源寺」を訪ねた。墓誌に昭和三年十二月十六日歿、俗名満吉、六十二歳とある。氏は元治元年（一八六四）熊本生まれ。戒名は「光徳院釋正定得證居士」と刻まれていた。一葉の生涯と文学に諸々の影響を与えた半井桃水が同じ一丁目の「養昌寺」に眠るのも不思議な因縁を思わせる。

私情を挟む不謹慎を省みなければならないが、私が一葉研究を始めたのが昭和二十八年。そうして一葉の〝後期作品〟に久佐賀義孝氏の影響を読み、その探索を試みてから四十五年目にしてようやく一つの句読点を得ることが出来たことは、関係協力者へ感謝以外の何ものでもない。

日下（久佐賀）家系図

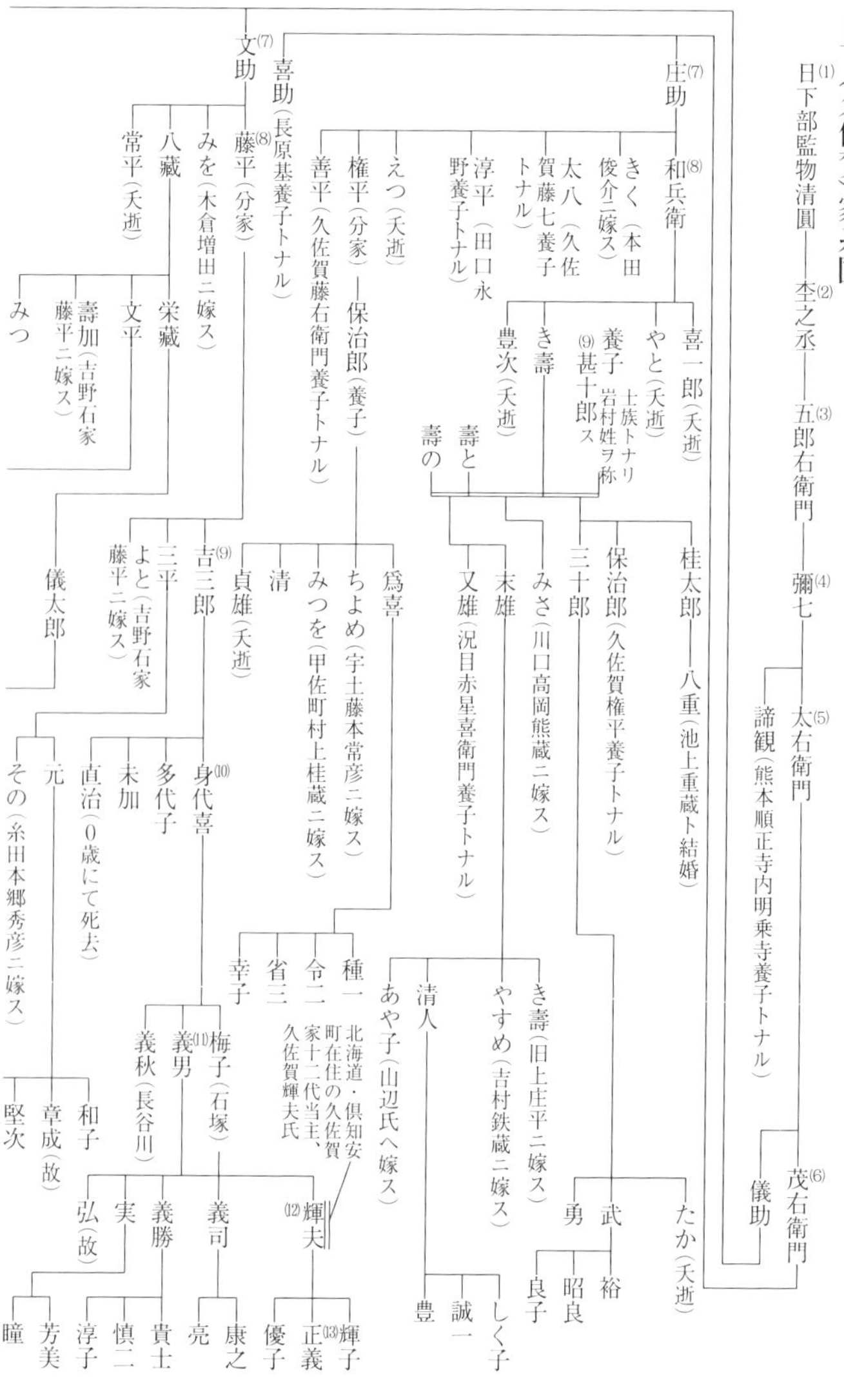

日下(1)日下部監物清圓
李之丞(2)
五郎右衛門(3)
彌七(4)
太右衛門(5)
諦観（熊本順正寺内明乗寺養子トナル）
茂右衛門(6)
儀助
たか（夭逝）
庄助(7)
和兵衛(8)
きく（本田俊介ニ嫁ス）
太八（久佐賀藤七養子トナル）
淳平（田口永野養子トナル）
えつ（夭逝）
権平（分家）
保治郎（養子）
善平（久佐賀藤右衛門養子トナル）
喜助（長原基養子トナル）
喜一郎（夭逝）
やと（夭逝）
養子(9)甚十郎 士族トナリ岩村姓ヲ称ス
き壽
豊次（夭逝）
壽と
壽の
桂太郎
八重（池上重蔵ト結婚）
保治郎（久佐賀権平養子トナル）
三十郎
みさ（川口高岡熊蔵ニ嫁ス）
末雄
又雄（況目赤星喜衛門養子トナル）
たか（夭逝）
武
勇
裕
昭良
良子
き壽（旧上庄平ニ嫁ス）
やすめ（吉村鉄蔵ニ嫁ス）
清人
あや子（山辺氏へ嫁ス）
しく子
誠一
豊
爲喜
ちよめ（宇土藤本常彦ニ嫁ス）
みつを（甲佐町村上桂蔵ニ嫁ス）
清
貞雄（夭逝）
種一
令二
省三
幸子
北海道・倶知安町在住の久佐賀家十二代当主、久佐賀輝夫氏
文助(7)
藤平(8)（分家）
みを（木倉増田ニ嫁ス）
八藏
常平（夭逝）
吉三郎(9)
三平
よと（吉野石家藤平ニ嫁ス）
身代喜(10)
多代子
末加
直治（0歳にて死去）
元
その（糸田本郷秀彦ニ嫁ス）
和子
章成（故）
堅次
梅子（石塚）
義男(11)
義秋（長谷川）
(12)輝夫
義司
義勝
実
弘（故）
輝子
(13)正義
優子
康之
亮
貴士
慎二
淳子
芳美
瞳
栄藏
文平
壽加（吉野石家藤平ニ嫁ス）
みつ
儀太郎

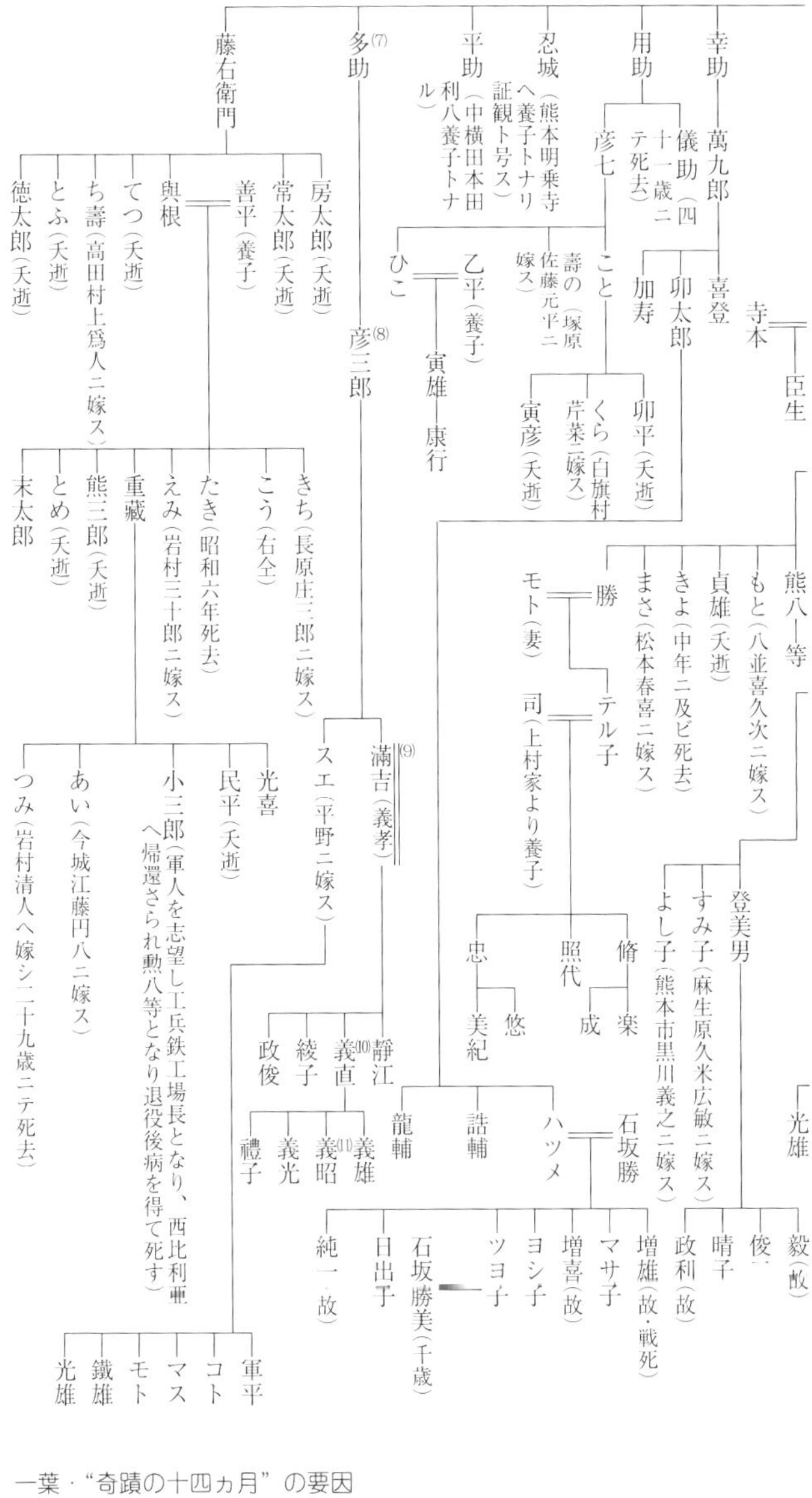

＊この家系図は、北海道・倶知安町在住の『久佐賀家』十二代の当主、久佐賀輝夫氏からの資料提供を河森計二氏の協力で整理したものである。文責は木村にある。また、( )内の数字は日下（久佐賀）家の直系・傍系〈義孝氏〉の累代を示した。

6　一葉の〝後期文学〟に久佐賀の影が

この、〝久佐賀問題〟について先行研究はもちろんのこと、いままでも拙著や小論で問題視して来た前述の〝奇蹟の十四ヵ月〟の問題作の中でも〝姦通〟を素材にしながらも未完を余儀なくされた『裏紫』は、それまで抑圧に苦しむ女性描写からここでは自らの意思で人生を、そうして女性に過酷な制度に抗《あらが》うヒロイン「お律」の人物造型にも時代批評の目が光る。同様に『わかれ道』は共に孤児という境遇から擬似的姉弟関係の「吉三」が「お京」に対し〝肉親〟の情を越えた思慕を「お京」は承知しながらも「吉《きつ》ちゃん私は洗ひ張り倦《あ》きが来て、最《も》うお妾《めかけ》でも何でも宜《よ》い、何《ど》うで此様《こんな》な詰《つま》らないづくめだから、寧《いつ》そ腐《くさ》れ縮緬《ちりめん》着物で世《よ》を過ぐさうと思ふのさ……」と言わせている。一見、自嘲的にもみえるが先の「お律」同様に虐げられながらもせめて魂の自立へと変化してゆく主体的人物描写が読み取れる。ここに「死」を意識した一葉が文字通り避けられない人生の岐路《わかれ》、己《おの》が身の終焉を予測し、その断崖絶壁に立たされた延長線上に〝久佐賀体験〟を結果した。したがってこの投影としての〝奇蹟の十四ヵ月〟の作品に現われる女性像には単なる同情や哀憫の情にとどまらず、時には仮借なき厳しい視線の通底をみる。これは、以上のような過酷なリアリズム体験の結果に他ならない。

7　従来までの久佐賀への視点

ところで、従来、久佐賀義孝問題について研究者、評論家、作家はどのように見ていたのであろうか。久佐賀についてのデーター不足もあってか、一般的には久佐賀問題に限らず紀田順一郎氏が言う「夭折した天才女流文学者といえば哀惜の念をもって遇されるのが当然であり、ことにその内面や実生活の苦闘ぶりを伺う日記に対するとき、無意識のうちに好意や思い入れが先行しがちなのは、またやむを得ないことといわねばなるまい。」（「一葉日記に揺曳する『もう一人の男』の影」（『新潮45』昭和62・10、後に『日記の虚実』〈新潮選書〉に収録）からいきおい「〝私だけの一葉像〟」（同上）形成に陥る傾向は避けがたい。まして一方的情報に偏する〝久佐賀問題〟になると、一葉贔屓のファンはこれに一層、拍車がかかるのが自然の趨勢と言わざるを得ないであろう。

作家であり一葉研究の大先達で先にも触れた北海道長万部《おしゃまんべ》村（現・長万部町）国縫《くんぬい》出身の和田芳恵氏は、『樋口一葉伝―一葉の日記―』（新潮文庫、昭和35・6）の中のポイントを挙げると「久佐賀は日本全国に三万人の会員を持っており、後藤象二郎夫妻なども、熱心な会員であった」が、『京濱実業家名鑑』の「履歴は、どこまで信じてよいかわからない。とにかく、『人身の吉凶諸相場の高低』として適中せざるはなし」につづいて一方、「久佐賀は、その履歴によれば禅を学んだらしい。また、一葉も禅の素養があった」関係から先に紹介した久佐賀義孝著『人類に関する季節学研究』等の　部には目を通してそれらから影響を受け、その例として明治二十七年三月の『塵の中日記』冒頭に、「虚《きょ》は空《くう》にして実《じつ》は存《そん》す。無《む》はうらにして、有《いう》は表也《おもてなり》。四時《しいじ》の順環《じゅんくゎん》、日月《じつげつ》の出入《でいり》、うきよはひとりゆかず、天地はひとり存せず。地に花あり、天に月あり。香《か》は空《くう》にして、色《いろ》は目にうつる。あれも少《せう》とし難《がた》く、これも大とはいひ難し。されば、人世《じんせい》に事を行はんもの、かぎりなく空《くう》をつゝんで、限りある実《じつ》をつとめざるべからず。（以下略）」を引用している。また、この部分について野口碩氏も「久佐賀義孝の影響を受けていると見られる。」（『全集樋口一葉』小学館、昭和54・12）と注で追認している。そうして、ここも、先に紹介した一葉生前の〝戒名〟にも共通する部分が少なくない。

一葉研究の大家塩田良平氏は『人物叢書樋口一葉』（吉川弘文館、昭和36・7）で「なぜ彼女が久佐賀に逢おうとしたかは、日記の文を信ずるより外ないが、自ら打ち込んで行った商売に手詰り、右せんか左せんかの迷いを何らかの形で晴らそうとしたに違いない。」と記した上で、「一葉なる女性は案外したたか者で、久佐賀の方が却って好人物であったかも判らない。因みに久佐賀は三十二年以降の『日本紳士録』に載るほど社会的知名人だったから、一葉とつき合っているうちに案外さばさばした気持になり、喜捨するつもりで知名料として若干の金銭を献上したのかも知れない。」【注　私の調べでは「交詢社」刊『日本紳士録』への久佐賀掲載は明治二十九年度版が最初である。】とあり、さらに『樋口一葉研究』（中央公論社、昭和43・11）では「明らかに男女を観念的に解し得ない処女の持つ大胆さ」とも述べている。いま一つ、関連した内容をあげる。それは和田芳恵氏も、「わるく言えば、どんな男も、この頃の一葉にかかると手玉にとられた。」（前掲書）の指摘だ。ここでいう「この頃」の一言は重い。

吉田精一氏は『近代文学の諸相』（吉田精一著作集11　桜楓社、昭和56・5）で「どんな聡明な女性でも、錯乱した情熱のとりこになることがある。一時的に、大切に保存しておいた自分の全生活を一挙に投げ出そうとする賭けを自ら強いる。内心の理性が何といおうと、女性の武器を意識的もしくは無意識的に使用して、ある目的に向かって衝動的に突進しょうとする。私は一葉の久佐賀訪問をそのように解する。」とある。これは何も女性に限ったことではない筈、だが、とにかく吉田精一氏一流のロジック・エロキューションの展開であり、私はこれとほぼ同様な講義を学生時代に受講したことがある。

作家瀬戸内寂聴氏（執筆時・晴美氏）は久佐賀に対し『全集樋口一葉　第四巻評伝編』〈炎凍る――一葉の恋――〉（小学館、昭和54・9。後に『わたくしの樋口一葉』平成8・11へ再録）では「インチキ占い師」と一葉サイドのスタンスから厳しい視線を投げかけている。また、近くは鈴木淳氏が久佐賀を「胡散臭い男」（『樋口一葉日記を読む』岩波セミナーブックス89、二〇〇三・一一）。また、領家高子氏も『一葉舟』（NHK出版、平成16・10）で同様である。一方、作家森まゆみ氏はNHKTV「人間講座」第六回（平成16・1・12）で「占師とのふしぎな出会い」及び「世間の『闇』への興味」の項で久佐賀問題に触れていた。森さんは謙虚ながらも作家独特の読みの深さ、しかも足で調べる実証的姿勢に畏敬の念を強くした。だが、一葉が久佐賀訪問の契機、『京濱実業家名鑑』記載経歴等への疑問提示、没年不詳等はいささか気になった。

私は『北海道新聞』の求めに応じ、遺族提供の久佐賀義孝氏晩年の写真、私自身が撮影した墓碑等を掲載した関係事項は発表済み――また、これは同紙の提携によって、東京、中部、西日本の各紙にも配信しているとのこと。また、一葉研究会事務局担当者の好意により、『一葉研究会会報』第二十四号（平成16・4・20）に自戒を含め、その注意を喚起する意味から「一葉随想」とソフトな形で「一葉〝奇蹟の十四ヵ月〟の要因—『久佐賀義孝問題』その後—」を発表した。その中に熊本及びその周辺での探索・調査の新資料も加え、報告したつもりである。

8　久佐賀掲載『京濱実業家名鑑』の周辺—熊本等で調査確認—

つづいて従来、「久佐賀」に関する唯一の資料と見られていた『京濱実業家名鑑』を示す。

本郷区湯島三組町三十番地久佐賀満吉君

電話下谷九二三番

君は元治元年を以て熊本城竹部に生る家素と地方の豪族なり通称は満吉顕州は其の号なり厳父彦三郎氏性温順にして寛容且つ慈悲心に富み常によく人を恤み公共に尽し為に家産の傾くのを顧みず声望郷里に高し君年甫めて九歳不幸にして此厳父を失ひ爾来専ら慈母の手に教育せらる已にして郷里の杉本禅師に就て禅を学び傍ら漢学を修む君天資穎悟に一を聞いて十を知る父母に孝に研学の余暇自ら数十町の深山に入り薪を採りて市に鬻ぎ以て家計を助く後更に藤井禅師の門に転じ研鑽三星霜又同郷上林師の紹介を得て長崎に赴き清人張子房に就て支那語を学ぶ十九歳笈を負ひ

て備後に至り名僧五岳に師事し造詣益深し余力を以て易経を修め大に得る所あり尋で五岳師の補助に依り人類に関する季節学研究の為朝鮮に渡れり大院君大に君を寵遇し授くるに大学士の称号を以てせり次で支那を経て印度に出で遂ひに米国に遊び到る処名山に登り大澤を渉り気候を験し甚だしきは断食を行ひ以て一身を学術研究に委すること多年明治十九年帰朝し東京本郷区に於て顕眞術会を創設し以て其の得たる処を弘む君亦予言に妙なり身の吉凶諸相場の高低一として適中せざるはなし世人以て神となす明治三十四年十二月推されて大日本陰陽会の会長となる君著書尠からず執中「人間哲学」の一書最も世に行はる君頭脳明晰八面玲瓏之くとして可ならざるはなし其専門に於て挺然として群を抜くものあるに係はらず更に政治界に入りて現に政友会東京支部評議員たり又実業界に入り喜久家株式会社取締役となる其他大日本赤十字社正会員及び本郷区衛生会幹事として或は本郷区兵事義《(ママ)》会評議員湯島三組妻恋合同衛生組合等公私各般の業務に関係する所枚挙に遑あらず（『京濱実業家名鑑』遠山景澄編、明治四十年二月廿日発行）

このように当時としては希有にして、かつ、多彩な経歴は周囲の眼を惹く。現在も続いている東京・銀座の「交詢社」が、明治二十一年に『日本紳士録』を刊行し、同二十五年再刊された。これに対し、森銑三『明治東京逸聞史』の中に収録されている『東京政経雑誌〈雑録〉』（明治25・1・9）や、『日本新聞』（明治25・1・26付の「寄書」欄）あるいは『時事新報』（同25・1・24）の「日本紳士録＝再版」等で厳しい視線を投げかけている。しかし、今日でも職種によっては時には、〝広告宣伝〟的色彩が濃厚なものも見かける。まして明治二十年代初めから日本の近代国家が外形的にようやくその〃基盤〃を形成しつつあった時代を想定すると、多分に営業性や宣伝的意図があっても不思議ではない。もっとも久佐賀がこの『日本紳士録』に登場するのは明治二十九年度版からである。

先に紹介した『京濱実業家名鑑』は一応、「遠山景澄編」――もちろん資料は当人や周辺から取材、もしくは提供があってのことだろうが、同誌掲載形態は概ね同様なパターンである。「久佐賀」の著書について何編か目を通して見たが、難解な専門用語の羅列であり、私ごときには到底理解には遠過ぎる。その浅学さをもって言うのは不謹慎の極みであるが、とにかく一葉の読解力には驚きの連続だ。既に日記等に何ヵ所か引用したことでもそれが分る。

久佐賀義孝氏の経歴については先の河森計二君の協力により平成十六年三月、九州・熊本を訪ね熊本・甲佐町元助役久佐賀司氏ご夫妻や、同じく同町区会議員の久佐賀堅次氏をはじめ多くの関係者のご協力を頂戴した。さらに県立図書館や熊本大学等での資料提供を得た。さきにも一部述べたが、遺族関係者はもちろんのこと、地域の故老や各種資料がこれを裏付けている。例えば久佐賀が「広告」に必ず使う「人類に関する季節学的研究」や「天地四季の活動変化妙用法」等々について、朝鮮総督府官舎生まれで現在なお執筆活動をつづけている一葉学の泰斗、京都女子大学名誉教授塚田満江（筆名黒田しのぶ）氏の助言によれば、一般に西洋の「占い」は星占い、水占い、風占いなどがあるが、久佐賀が主張する「気象学」は東洋易学でいう「気学」に当たるので「朝鮮」での研修の根拠は充分考えられるとの私信を頂戴した。

また、「世人以て神」云々は先に挙げた『東京朝日』（明治27・2・11）や『中外商業』（同27・1・13）等各紙の新聞評に記されている。一方、「大日本陰陽会会長」については、東京護国寺境内「大師堂」横に、「社団法人大日本陰陽会」建立の「易学先師先覚合祀供養塔」である「陰陽道先師留魂碑」があり、現在は「日本易学連合会」が管理。毎年十月中旬に「先師供養」が行なわれ、関係資料が保存されている（河森計二氏調べ）。「政治界」云々は『政友第壱号』（明治33・10・15）に久佐賀義孝名が掲載されているし、さらに「実業界」についても『日本全国諸会社役員録』（『商業興信所　明治35・7・23）及び『銀行会社要録』（東京興信所　明治35・5・11）等に「喜久家株式会社取締役久佐賀義孝」名が記載されている。

9　久佐賀「広告」の波紋

前述の注①で触れたが、一葉が「久佐賀」訪問を決意したと想定できる明治二十七年二月十一日付『東京朝日』第六面掲載の「久佐賀広告」を挙げる。ただ、全段広告に近い膨大な字数のため、そのキーポイントに絞って紹介する。

先ず冒頭、右上二行、五段抜きで「我術効験者にして世人の信用高評続栄なるを浦山敷して奸輩等続々出で策略の広告**砂糖甘言**に詐かれ玉ふな甘きものハ酸ゆくなれバなり●身上の関係即ち過去現在未来の出来をなし若し諸問題鑑定当らずバ何百円謝罪出金す抔実に甘たらしく云へり世人よ彼の事を知り福運を興して災難を免れ無病を主らんとせバ入会して顕眞術を修むべし」と〝同業者〟「佐藤観元」――つまり〝砂糖甘言〟の甘い言葉に乗るな……の警告から始まっている。

つづいて「**特別報**」とタイトルし、明治廿七年一月五日付の「東海道筋聯合会総代太田慶造印」から「顕眞術会本部長久佐賀義孝殿」宛ての米相場適中に対する「**表彰状写**」が三段抜きで示されている。特に謝礼金「**金五百円**」はこれまた他の活字の数倍に及ぶものであり、いやが上にも一葉の目にとまるものであった。洗濯・縫い物などをしても既に触れたように何銭単位、身をそぎ骨を削っての原稿料収入もこの時点では四百詰め一枚数十銭余……それも買い手があってのことだ。したがって、このような一葉の現実生活から見れば、まさしく雲泥の差と映ったのに相違ない。つづいて、「凡期米売買の戦場に立て相場師が関ケ原の決戦とも云ふべきは毎年天災時季にあり然るに昨年八月下旬に於て先生が生等聯合会に予顕せるにハ本年の三忌日ハ殆んど無事の姿に見へたり而れども天地四季活用関係を見るに仮令三忌日が無難に過ごすとしても之が反動ハ日ならずして予想外に現はるゝ、ならん故に相場は目下下た押すと雖も亦夫より高値を来たすべしと於此か恰も九月八日に際し生等ハ予顕を信認し先生の言に従ひ七円八十銭台より買ひ売廻はり大勝を得たるハ当時他の相場師が舌を卸たる処なり其後亦々十月五日に先生の意に従ひ七円七十銭より買ひ廻はり遂に八円三十銭にて利喰大勝を得たるハ実に愉々快々たり夫より引続き今日まで連勝大勝の結果を見しハ蓋し生等が先生の妙術を信じ忍ぶべからざる危険を忍耐せしとは云ひ乍ら亦偏に先生の先見に卓絶なる殊に其指揮の玄妙なるに拠らずんば何ぞや此の大勝を得べけんや爰に於てか生等聯合会は本日此の新年宴会にて決定の上聊か先生の偏効を表彰せんと欲し**金五百円**を贈呈する者なり受納賜らば幸甚」といった文言である。「表彰状」の現物は果たして「金五百円」が拡大されていたかは定かではないが、とにかく米相場の金額が具体的に示されているこの内容は極めて説得力に富むものであるといえよう。

　つづいて「**顚眞術**」と活字を大きくし、長々とその説明がなされる。その一部を紹介すると、「余**が発明の顚眞術**は天地四季の活動変化妙用法に拠て物体物質に関係ある系線引力の盛衰気候正変数理の出殁等よりして人体幽明の事柄は勿論苟も宇宙万物有無機上凡最初の起因を求め未前の結果過去の状況現在の如何を瞭然火を見る如く顚眞する一大奇術にして彼旧来より有り触れたる九星易学五行術占考墨色観相の如き当たるも八卦当たらぬも八卦と云ふ如き判断的の曖昧物と同視なからんことを蓋し**此之証明**は府下各新聞の賞評又各実験者が夫々府下新聞に我術力の不思議と其確効の礼状を掲載受けしに付ても明瞭ならば更に弁明せず只人身に付て旧来の判断的と我術の異なる一二の大要を告げ以て注意す●**運気**　人身の運気は四季作用の賜にして天地気候活動に拠て各自其身に固有する四季自然の運気あるべし此天稟運気は最初懐妊する四季性体組織に由り又高微強弱ある者にして高運の人は其に依頼し可なるが如くなるも微運の人は実に不幸も甚しとせず況や高運にも渡る年月日時四季の順逆に依ては忽ち其気運に出殁をなせば也実に人間処世上に就て注意すべき事なり四季活動変化妙用の術力を以てせば忽ち微運を高運ならしむるのみならず其高運上にも常に出殁なき様性体四季の活動を計らしむればなり」と難解な文言が行を覆っている。

次いで●「運気之誤認」の見出しで、「是迄世人が重に唱ふる処に由れバ物の善悪死活の別なく自己の欲情に蔽はれ偶まで手を出し不利を取れバ一概に其身不運の名を以てせり余之を問はんに盗人に盗取するの運気あるや鬮引【注　くじ引き】者には鬮挽勝利の運気あるやと之を彼等其の身に云わせば不運なれば盗取の物少なし又我は不運の為勝利なしと此れ蓋し其身のみに非ず凡て判断的者流も共に云ふ処なり嗚呼実に誤と云ふべし夫れ運気は無形の活動にして真正活物活体なる天地性四季四順の対照せし時を云也故に天稟運気には純粋なる運動の因に基き何ぞ盗物死体の如き鬮引き死働に真活運系の因ある理あらん哉寧ろ此等の死物死働に運び取らんとせば其の人性体不運逆季の時こそあるべし我術は一々之を験別し其人運気の程度事物の関係を謀り運不運に依て死活の利損目的成就否やを明瞭にすべし」とこれも難解そのものである。

つぎの●「病症」は大別して二大原因とし即懐妊四季に渡る年月日時の四季が反逆衝突し以て発生するを逆節病原とす又天然其身に備へ四季自然に発作する者天稟病原也又二大原因が変化すれバ其の数二十六万八千病原となる然に方今医学ハ進歩し其治癒法完全せると雖も未だ病症は四季関係の与かるとを悟らざるハ寔に憾みとす蓋し逆節病は如何に医薬を用ゆるも其性体四季逆節を解除せざる限りは薬効を見るは難しとす況や四季活働法を知らざる者にして此は天稟病原か将た逆節病原かを弁知し得ざるに於ておや由や天稟病原にても医に罹るに其薬用時季凡て関係並に適節あれば之が適否如何に依て病気の早遅を取れば也●凡て人々行ひの事業結婚配合植物其他身上に係る一切は最初着手関係の原因即ち各自の天の時節に基くにあるべし蓋し古来より農夫植物師が種を蒔き植物

時の季節あることは聊か悟り居るも吾人が日常の万物働行着手関係時に季節あるを顧みざるは実に愚と云ふべし夫れ人間万時には凡て適度に時節あらざるはなし願くは我顕術を修めて四季活用せられんことを」と終始、病症の原因と四季の関係を論じている。

ところで、一葉が特に注目し、久佐賀訪問の積極的要因になったのは先の「金五百円」は底辺にあったとしても、次の●「顕眞術会員募集」の項かと思われる。それは「内外貴紳士賛助を得我会務を拡張し此術の効能を実験せしめん為左記の顕眞術を今回の入会者に無料で渡全般に普及す至急束修一円に生年月日を記入し申入るべし顕眞術の（区別）人々性体の別季節活働変化効用を知り関係系線引力盛衰に依て各自の適業を悟り又各自意想気合の変化を知り或は各自固有の病原並性体四季の逆節より発する病原之を各系線引力活働法に依て全治術或は全治せざる如何を顕明し亦各自災難調書を顕発し之を未前に免避法其他植物の季節人事着手関係の適節結婚の適節配合の順序に依て懐胎術等此他数万の別我術書を一度注目せば誰人にても自宅独習して忽ち此術の使ひ方明瞭なる顕眞術大原礎及実体に徹し百事百中する定理秘書並に四季活用秘書等三冊を渡す」。（傍点　稿者）この傍点部分に見る「各自の適業」といい、「全治術……全治せざる如何を顕明し……」などは一葉が、〝大音寺前〟での「商売」継続か、心機一転しての「文筆活動」に戻るべきかは最大の選択であり、加えて寸時も頭から離れない「病魔」の手――一葉にでも縋りたい切迫した現実感が一葉を覆っていた筈だ。さらに「今回の入会者に無料？」も魅力の一つといえるだろう。

●「四季活用商法勝利術伝七冊譲り」につづいて●「鑑定料」が示され、●「口頭鑑定料各一件宛て十銭」【注　以下内容説明省略】●「通信鑑定料一件宛て廿五銭」●「全体鑑定料五十銭」●「一代開運吉凶明細表四十銭」●「廿七年度四季活用開運大吉日時明細表十四銭」●「病鑑廿銭」●「米相場鑑定は二種に分かつ」として「鑑定料廿円」の説明がある。

また、次の各新聞賞評も一葉の視線を惹いたと思われる。

●「東京朝日新聞賞評」「久佐賀顕眞術の発明家久佐賀義孝氏ハ更に四季活用商法勝利術といふを発明せし処大に相場社会の賞讃を博し又相場師の鑑定を中込む者盛なりと云ふ」

●「中外商業新報評」「四季活用商法勝利伝秘書久佐賀義孝氏ハ年少より天文学に志し遂に支那及印度に渡航し数年の難行苦行を経て其蘊奥を究め帰朝して天啓顕眞術と称し本部を東京に置て世人の需に応じ其術を行ひしに一旦倒産せし家をも忽ち回復し九死一生の病人も忽ち平癒するが如き神妙不思議の結果を表せしハ兼て聞知する処なるが今度又四季活動商法勝利術伝秘書を世に公にするに至れり左れバ氏の御蔭にて相場師の如きは損をするの患なく大利のみを博するに至るべく実に氏の如きは神なるべし只人にあらざるべし」に至っては、「倒産寸前」「病気」云々の言葉は一葉にとって説得力に富むものであったはずだ。また、既に概要を紹介したが、久佐賀訪問当日の日記（明治27・2・23）は後注するように「久佐賀はまさご丁に居して天啓顕眞術をもて世に高名なる人なり……さらば一身をいけにゑにして、運を一時のあやふきにかけ、相場といふことを為して見ばや……」の決意もわかろうというものである。

●「毎日新聞評」「四季活用顕眞大奇術久佐賀義孝氏は曩きに四季活用顕眞大奇術を発明して以来大に世上に其名声を轟かせしに此度又四季活用商法勝利術と云ふを公けにせり是は同氏が数年の辛酸困苦と経験とに依て発明せし者にて是迄秘し置きたるを或る所より勧告する処あって今般愈よ商業家のみに限り伝授することとなれり之れ定めて商業社会に大に裨益する処あらん有志者は今の内に入会又は鑑定を請求する方利益ならん」等々である。

いま一つ、吸引力を挙げる。それは横浜居留米国人ブルヘート氏が「客年十二月貴会会長久佐賀師に横浜合益会に挙行するに当たり籤番号の鑑定を請求せしに其後久佐賀師ハ一月第二土曜日に開会せる一千円の当りハ総数五千の内三千二百二十三号なりとの鑑定書を送られたるに果して同番号に当籤したり実に其奇なる顕眞術に驚けり余ハ不日我国に帰り顕眞術の吹聴者たらんことを誓ふ云々」。明治二十年代に入って、ようやくわが国は外形的に近代社会構造が形づくられつつあった。しかも日清戦争その前夜であっただけに、これら外国人を通しての〝国際的評価〟に加え、「籤」の当籤番号的中を、外国人の談話を通しての掲載は見事という他はない。

その他、「生糸相場適中礼文」、さらに「米相場適中礼文者」の住所氏名二十六名を列挙し、他、「千八百三十有余名余白なきに付戸々爰に略す」。なお●「難病者施術全治の礼辞」と題してその住所氏名十六名を挙げ、他「四百六十有余名あれど余白なきを以て略す」は、北は「北海道石狩国厚田町会《(ママ)》田徳治郎」【注　現在も「厚田村」である。なお、『中外商業新報』(明治25・3・3)の久佐賀広告には、北海道札幌郡江別村　村瀬三郎の名もある。】から、南は「鹿児島肝付内之浦田中万助」等々が列記されている。

余談であるが、一応、実証的研究者の端くれとして「厚田」の「会田徳治郎」なる人物を調査してみた。当時、厚田村は「鰊漁場」の関係から〃やん衆〃といわれた「季節労務者」で賑っていただけに、期間限定はあっても夥しい人口であった。私が調査の昭和四十六年頃、現在のような「プライバシー保護法」未成立の時代でもあったので、村役場の戸籍簿で「会田徳治郎」を当たったが該当者なし。先の〃やん衆〃も想定して村の故老何人かに伺ったがやはりなし。「難病」ということから物故者も意識に含んで三つの寺の過去帳を当たったが不明。これは広告の信憑性云々ではなく、一応、確認という自己満足に過ぎなかったかも知れない。

躊躇いもなく長々と紹介してきたが、一葉がなぜ、一年有余にわたって久佐賀と接触をつづけたのか――その一端を「生《なま》」の資料をもって傍証したかったからである。

10 「久佐賀」訪問当日の日記（明治27・2・23）

先に（一二六頁）述べたごとく、久佐賀訪問当日の日記のキーポイントを挙げる。

「今日は本郷に久佐賀義孝といへる人を訪《と》はんのこゝろ成《なり》しかば、こゝには長くもとゞまらで出づ。久佐賀は、まさご丁に居《きょ》して、天啓顕眞術《てんけいけんしんじゅつ》をもて世に高名なる人なり。うきよに捨もの、一身《いっしん》を何処《いづこ》の流《ながれ》にか投げこむべき。学あり、力あり、金力ある人によりて、おもしろく、をかしく、さわやかに、いさましく、世のあら波をこぎ渡らんとて、もとより見も知らざる人の『近づきに』とて引合わせする人もなければ、我よりこれを訪はんとて也《なり》。

ひるは少し過ぎたるべし。耳なれたるとうふうりの声の聞こゆるに、おもへば菊坂の家にてかひなれたるそれなり。『あぶみ坂上《ざかうへ》の静かなる処ぞ真砂丁《まさごちやう》三十二番地』と人をしゆるまゝに、とある下宿屋のよこをまがりて出《いづ》れば、やがてもと住ける家の上なり。大路《おほぢ》よりは少し引入りて、黒ぬり塀《べい》にかしの木の植込み立《たち》たる、入るべき小道にしるしの板たてゝ、雨露《あめつゆ》にさらされたれば文字はうすけれど、『天啓顕眞術会本部』とよまれたるにぞ、『此処也《ここなり》』とむねとゞろく。入りて玄関におとなへば、『おう』とあらゝかに答へて、書生成べし、十七、八の立《たち》ながら物いふ男、二間《にけん》なる障子《しやうじ》を五《ご》寸計《すんばかり》あけてものいふ。『下谷辺《したやあたり》より参りたるものなれど先生にこま〴〵お物語りせまほしく、御人少《おひとすく》ななる折に御見《ごけん》ねがひたければ、何時出てしかるべきにや。お取次給はるべし』といへば、『鑑定におはしまさずや』といふ。『いな、鑑定にはあらず』といふ。『さらば事故《じこ》にこそ、御名前は』と又とふに、『はじめて出たるなれば、通じ給ふとも名前の甲斐はなけれど、〈秋月《あきづき》〉と申させ給へ』とこたへけり。男入りて、しばしもあらず出《い》で来つるが、『何の事故にや。師は唯今直《すぐ》にてもよろし』とある。こゝろ安きに先《まづ》うれしく、『さらばゆるし給へ』とみちびかる。（略）『我れはまことに窮鳥《きうてう》の飛入るべきふところなくして、宇宙の間にさまよふ身に侍《はべ》る。あはれ広き御《おん》むねは、うちにやどるべきとまり木もや。まづ我がことを聞きたまふべきにや』といへば、『よし、おもしろし。いかで聞かん』と身をすゝます。『我身《わがみ》、父をうしなひてことし六年、うきよのあら波にたゞよひて、昨日は東、今日はにし、あるは雲上《うんじやう》の月花《つきはな》にまじはり、或は地下《ぢげ》の塵芥《ちりあくた》にまじはり、老たる母、世のこともしらぬいもとを抱《だ》きて、先《ま》づこぞまでは女子《おなご》らしき世をへにき。（略）今は下谷《したや》の片《かた》ほとりに、あきなひといふもふさはしかるまじきいさゝか成《な》る小店《こみせ》を出して、こゝを一身《いつしん》のとまりと定むれど、なぞや、うきよのくるしみのかくて免《の》がるべきに非ず、老たる母に朝四暮三《てうしぼさん》のはかなきものさへすゝめ難くて、我がはらからの侘《わ》び合へるはこれのみ。すでに浮世に望みは絶えぬ、此身ありて何かはせん、いとをしとをしむは親の為のみ。さらば一身《いつしん》をいけにゑにして、運を一時《いつとき》のあやふくにかけ、相場《さうば》といふことを為して見ばや。されども、貧者《ひんじや》一銭の余裕《ゆとり》なくして、我が力にて我がこと為《な》すに難《かた》く、おもひつきたるは先生のもと也。窮鳥《きうてう》ふところに入りたる時ばかり人もとらずとかや。天地《あめつち》のことはりをあきらめて、広く慈善の心をもて万人《ばんにん》の痛苦をいやし給はんの御本願《ごほんがん》に、思《おぼ》し当ることあらば教へ給へ。いかにや先生、物ぐるはしきこゝろのもと末、御《おん》むねの内《うち》にいりたや。いかに。』」と必至に哀願する一葉の姿は、三年前、桃水宅で三指ついた一葉とは隔絶の感がある。

　これに対し久佐賀は、「しば〳〵我《わが》おもて打ちながさめて、打なげくけしきに見えしが、（略）『さても上々《じやうじやう》の生れかな。君がすぐれたる処をあげたらば、才《ざえ》あり、智《ち》あり、物に巧みあり、悟道《ごだう》の方《かた》にはゑにしあり。をしむ処は、望みの大《おほい》にすぎてやぶるゝかたち見ゆ。福禄《ふくろく》十分なれども、金銭の福ならで、天稟《てんぴん》うけ得たる一種の福なれば、これに寄《よ》りて事はなすべきに、万商《よろづあきな》ひと聞《きく》だに君には不用なるを、ましてや売買《うりかひ》相場のかちまけをあらそふが如きは、さえぎつて止《と》め申すべし。あらゆる望みを胸中よりさりて、終世の願ひを安心立命《あんじんりふめい》にかけたるぞよき。こは、君が天よりうけたる天然の質《たち》なれば』」と忠告する。

この久佐賀のサゼッションにも一葉は直ちに反論して「『をかしやな、安心立命は今もなしたり。望みの大《おほい》に過ぎてやぶる、とは、何をかさし給ふらん。五《ご》うん空《くう》に帰するの暁は、誰れか四大《しだい》のやぶれざるべき。望《のぞみ》も願《ねがひ》も夫《それ》までよ。我が一生は破れ〳〵て、道端《みちばた》にふす乞食《こじき》かたゐの末《すえ》こそは終世《しうせい》の願ひ成《なり》けれ。さもあらばあれ、其乞食《そのこじき》にいたるまでの道中《だうちう》をつくらんとて、朝夕もだゆる也《なり》。つひに破るべき一生を月に成《なり》てかけ、花に成《なり》て散らばやの願ひ。破れを願ふほかに、やぶれはあるまじやは。要する処は、好死処《よきしにどころ》の得《え》まほしきぞかし。先生、久佐賀様、この好死処ををしへ給らずや。』(略)」の開き直りには鬼気迫る壮絶感がある。

「『我が会員、日本全国三万にあまれり。其人々、個々一様ならず。事によりては我れにまされるものもあり、我れより師《し》とあほぐもあれど、三世《さんぜ》にわたり、一世を合《がっ》するは又別物にして』とかたり来る久佐賀も、いよ〳〵こと多く成《なり》て、会員のもの語《がたり》、鑑定者のさま〴〵、談じ来り談じさり語《ご》々風《ごふう》を生ず。我れも人も一見旧識《いっけんきうしき》の如し。ものがたり四時《しじ》にわたる。其うち、会員の質問に来たりしもの一人あり。大坂米相場《こめそうば》の高下《こうげ》、電話にて報じ来るなど、ろうがはしく成ぬるに、『時もはや日暮れに成りぬ。我れもいさ、かかんがふべき事など聞き出《いで》たるに、今日はこれまで』とてたつ。後藤大臣、同じく夫人の尊敬一方ならざるよし。および高島嘉衛門《たかしまかゑもん》、井上円了《えんれう》が哲学上の談話など、かたる事多かりし」。

11　「久佐賀」との紆余曲折―久佐賀から一葉宛ての書簡を中心に―

久佐賀から一葉へ宛てた書簡を関係事項に絞り、あわせて一葉の日記と関連付けて接触の経緯を述べる。なお、書簡ナンバーは発信順を示すために、私が勝手に付けた整理番号である。また、原文は漢字、カタカナ、略字等の混交文であるが、漢字以外は平仮名に書き改めたことをご了解ねがいたい。

①久佐賀から「梅見」の誘い

(一)　過日は態々《わざわざ》被為入候処何之風情も無之遺憾千万に存候而《しか》れ共余が無学の拙説貴嬢の心燈に聊か移りたらんには余の幸栄《(ママ)》に候次に余は貴嬢の精神の凡ならざるに感ぜり爾来願くば親しく御交際玉《(ママ)》はらば余の本望に存候

近頃は臥龍梅園実に盛りに候春気の初めの人間の心正に陽開の時季凡そ人も心の花となりてこそ草木の花を見ざれば花を見るの楽あらんや而るに今時季正に天地の媒介にて此の梅園に人を誘ひ花を楽むるの時に際せり幸に貴嬢にして寸閑あらば該園に同伴せんと欲す貴嬢如何にや若し同意あれば適日《てきじつ》を期《ご》し返章を玉はらんことを　　義孝

この手紙に関しては明治二十七年二月二十八日の一葉日記に、「早朝、久佐賀より書あり。君が精神の凡《ぼん》ならざるを感ぜり、爾来《これより》したしく交《まじ》はらせ給はゞ余が本望なるべしなどあり。（略）又、別紙に君がふたゝび来たらせ玉ふをまちかねてとて歌あり……とふ人やあるとこゝろにたのしみてそゞろうれしき秋の夕暮……歌もよからず手もよく書《かき》たりとは見えねど、才《ざえ》をもて一世をおほはんの人なるべし、梅見の同行はかれに趣向あるべし、我は彼が手中に入るべからずとほゝ笑みて返事をしたゝむ。貧者余裕《ゆとり》なくして、閑雅《かんが》の天地に自然の趣をさぐるによしなく、御心《みこころ》はあまたゝび拝しながら、御供《おとも》の列にくわゝり難きを、さる方に見ゆるし給へ。よしや袂《たもと》にあまる梅がゝは此処《ここ》に縁《えん》なくとも、おこゝろざしを月とも花とも味はひ申すべく、不日《ふじつ》参上御《お》をしへをうけんとて、かへしならねどかくなん。」とある。そうして、「すみよしの松は誠か忘れ草つむ人多きあはれうきよに」と、一首の添え書も忘れない。この〝不敵な笑み〟――しかも、「御供の列」にという〝接ぎ穂〟の周到さ、このように書けば必ずお誘いは貴女一人……の返事が来ることも想定している。また「貧者余裕なくして」の言葉から、「梅見」より先ず当方の生活安定、つまり「経済援助」が先だ……と臭わす筆の運び、このイニシアチブも「死」の魔手に脅かされ極限に迫われた一葉ならではの必死の攻防というものであろう。

初対面の様相を日記に認めたものは先に紹介した。実際は必ずしも前述の通り理路整然としたものではなかろう。だが、全国三万余の会員を擁し、明治二十七年一月二十三日付で更迭とはいえ、前職の礼遇により麝香間祗候の職にあった前農商務大臣後藤象二郎夫妻を後援者とするまさに海千山千の久佐賀と丁々発止の渡り合い、時には「あはれ広き御むねのうちに、やどるべきとまり木もや……」、あるいは「さらば一身をいけにゑにして……」、また「先生、久佐賀様。この好死処《よきしにどころ》をおしへ給らずや……」等々は、仮に話の行掛かり上、意図しない言葉が飛び出したとしても、さらにこれを日記に再録して自己客観視することができるのものなのか。普通ならばカットする筈だ。文学者の日記を調べて感じるのは、特にこのようなことの記載が極めて少ない点である。記録は、いずれの形にしても自分と向き合うことに他ならない。

前述の久佐賀の歌・文字批判のスタンスの例は何も今に始まったことではない。来客に丁重に応対していながら日記には厳しい表記批判は一葉の常套手法である。わが身を相手と対等または優位に置きたいという願望姿勢は、程度の差があっても万人共通の真理でさえある。その意味では一葉の日記は人間の原点を衝いて説得力をもつ。しかも、この初対面の最後に「我も、いさゝかかんがふべき事など聞き出《いで》たるに、今日はこれまでとてたつ。」とあるように、久佐賀から期待可能性を引き出す〝言質〟さえとっている。これを一葉のしたたかさ——というのは簡単だ。しかし、これはやはり偏りあり「酷」というものであろう。この一葉の凄まじい迫力、一葉にとって久佐賀との〝対決〟は、まさに断崖絶壁に立たされた背水の陣ともいえる必死の折衝?ではなかったか。

②「我は人の世に痛苦と失望とを〜詩のかみの子なり」

前後するが、一葉は久佐賀訪問二日後の二月二十五日、『文学界』の平田禿木の来訪を得、そこで『女学世界』掲載の情報を得る。「田辺龍子《たなべたつこ》、鳥尾《とりを》ひろ子の、ならべて家門をひらかる、よし有けるとか、万感むねにせまりて、今宵はねぶること難し。」の日記記述に一葉の焦りが滲み出ている。

明けて三月十三日、「真砂丁《まさごちやう》に久佐賀を訪ふ。日没帰宅」——前後の文脈はなく、いささか唐突の感を否めない。訪問時間が定かではないが、「日没帰宅」から相当の時間を要したとも考えられる。記録不十分ながら先の「萩の舎」の仲間の歌塾云々で「ねぶること難」い一葉としての現状脱出、再び生活方途の転換を急ぎ、その生活保証の交渉が久佐賀訪問ではなかったか。ただし、不首尾が想定される。それは十四日付日記の後に日付無しで長文の文章が書き付けられている。

それは「日々《ひび》にうつり行《ゆく》こゝろの、哀《あは》れいつの時にか誠のさとりを得て、古潭《こたん》の水の月をうかべるごとならんとすらん。愚かなるこゝろのならひ、時にしたがひことに移りて、かなしきは筋にかなしく、をかしきは一筋にをかしく、こしかたをわすれ　行末《ゆくすゑ》をもおもはで、身をふるまふらんこそ、うたても有けれ。こゝろはいたづらに雲井《くもゐ》にまでのぼりて、おもふ事はきよくいさぎよく、人はおそるらむ死といふことをも、唯風《ただかぜ》の前の塵《ちり》とあきらめて、山桜ちるをことはりとおもへば、あらしもさまでおそろしからず、唯此死《ただこのし》といふ事をかけて、浮世を月花におくらんとす……」。と、日々、変ってゆく人の心は、いったい何時になると本当の悟りの境地に達するのか——に始まって「古今集・よみ人しらず」の一首を引用しつつ愚かな心の習いとして事ある度に揺れ動き、過去や未来を考えず、その場限りの生き方を思うと、情けなくやり切れない思いである。人が恐れる「死」も風前の塵の如く諦め、これが世の定めと覚悟をすると恐ろしいことはない……といったニヒルな述懐から始まっている。

そうしてその後半には既に一部紹介した久佐賀の著書『人類に関する季節学的研究』の影響と思われる「虚《きょ》は空《くう》にして実《じつ》は存す……」をかなり長く記述し、最後に「魚《うお》だにもすまぬかき根のいさゝ川くむにもたらぬところ成けり」で結んでいる。野口碩氏から示唆を得ると「退廃した環境の中で過ごした零細な生活をふりかえって、強い軽蔑を述べる。塵中生活に対する決別の意思を秘めている」（『全集樋口一葉〈第三巻日記編〉』小学館　昭和54・12）という。確かに先の久佐賀訪問の内容無き日記といい、十四日付けの日記等から充分にそのことが察知できる。

さらに、いま一つ挙げなければならない。それは『塵之中日記』の末尾に、妹邦子の写筆である残簡に、「我れは人の世に痛苦と失望とをなぐさめんために、うまれ来つる詩のかみの子なり。をごれるものおさへ、なやめるものをすくふべきは我がつとめなり。されば四六時中いづれのときか打やすみつゝあらんや。我がちをもりし此ふくろの破れざる限り、われはこの美を残すべく、しかして、このよほろびざる限り、わが詩は人のいのちとなりぬべきなり」。

この大上段に振りかざした〝自負〟——凄まじい壮絶感は一体何か。「戯れ言」として日記の余白に書き付けたとしても迫力があり過ぎる。世に一葉の〝借金哲学〟という言葉がある。これを前述の一葉文言へ軽々に重ねることは適当ではないが、一つの視点として考えられないこともない。「転進」を決意した〝大音寺前〟の生活。結果として一年を経ずに挫折せざるを得なかった。二つの視点から見よう。一つは「文筆」復帰の決意の自己叱咤である。もう一つは、次でも紹介するが転居後の生活設計との関連である。先の文筆収入の見通しは不透明のままだ。結局、借金しかない。その借金も一葉自身の本心ではむろんないにしても、結果として〝踏み倒し〟的行為――そこで、これは単なる生活のためではなく、「詩」（文筆）によって世のため人のために生かすという自己正当化への力みと見るのは余りにも極端であろうか。この底辺には久佐賀への「千円」（今日の約一千万円）借用申し込みの背景にも繋がるといえないか。

③「わがこゝざしは国家の大本《おほもと》にあり」

この十四日から旬日を経ない十九日と二十六日の日記空白の中に、日付無しであるが注目すべき記述がある。

　おもひたつことあり。うたふらく。
　　すきかへす人こそなけれ敷島《しきしま》の　うたのあらす田《だ》あれにしあれを
　いでや、あれにあれしは敷島のうた計《ばかり》か、道徳すたれて人情かみの如くうすく、朝野《てうや》の人士《じんし》、私利をこれ事として国是《こくぜ》の道を講ずるものなく、世はいかさまにならんとすらん。かひなき女子《をなご》の何事を思ひ立《たち》たりとも及ぶまじきをしれど、われは一日《いちにち》の安きをむさぼりて、百世の憂《うれ》ひを念《ねん》とせざるものならず。（略）わがこ、ろざしは国家の大本《おほもと》にあり。わがかばねは野外にすてられて、やせ犬のゑじきに成らんを期《ご》す。われつとむるといへども賞をまたず、労するといへどもむくひを望まねば、前後せばまらず、左右ひろかるべし。いでさらば、分厘《ふんりん》のあらそひに此《この》一身をつながる、べからず。去執《きょしゅう》は風の前の塵《ちり》にひとし、心をいたむる事かはと、此《この》あきなひのみせとぢんとす。

前項に続くこの〝大言壮語〟をどのように見ればよいのか。荒廃は和歌の世界にとどまらず、道徳もすたれて人情もない。国の方向を決定する政治家も一般の人間もただ私利私欲に走り、世の中は一体、どうなるのか――の悲憤慷慨につづいて「わがこゝろざし国家の大本……」。これは全く前項と共通性を持つ。日清戦争その前夜という風雲急を告げる厳しい世情に対する思いを含んでも、一葉という女性の〝大きさ深さ〟はどうなっているのか。

確かに桃水への思い、歌の世界、文筆志向を振り切っての〝大音寺前〟転居。これが一年も経ないでの破綻。一葉の自己救済的対象、捌け口をこのような形に転化したとも取れないことはない。それにしてもこの啖呵は想像の域を越える。だが、次の記述はこの具体的事実としての一側面を物語っているのではないか。

つづく「いはでもの記」（明治27・3）に「中々おもふ事はすてがたく我身はかよわし。人に

一葉終焉の地　明治27年５月１日、本郷区丸山福山町４番地、現在の文京区西片１丁目17番地に移転。一葉23歳。名作『たけくらべ』『にごりえ』『十三夜』を初め、数々の名作、問題作がここで描かれた。明治29年11月23日、一葉は24歳と６カ月の短い生涯を閉じた。

なさけなければ黄金なくして世にふるたつきなし。すめる家は追はれなんとす。食とぼしければ、こゝろつかれて筆はもてども夢にいる日のみ……」の現実問題が追い打ちをかけるように、「国子《(マヽ)》はものにたえしのぶの気象《きしやう》にとぼし。この分厘《ふんりん》にいたくあきたる比《ころ》とて、前後の慮《おもんぱかり》なく、『やめにせばや』とひたすらすゝむ。母君《ぎみ》も、『かく塵《ちり》の中にうごめき居《を》らんよりは、小さしといへども門構《もんがま》への家に入《い》り、やはらかき衣類《きもの》にてもかさねまほしき』が願ひなり。されば、わがもとのこゝろはしるやしらずや、両人《ふたり》ともにすゝむる事せつ也《なり》。」がそれである。

一葉にとって、母多喜の願望は心情的には理解できても現実が許さない。しかも「門構へ、の家」は士族の象徴である。その点からみて母多喜は、依然として「旗本直参」の亡霊繋縛から解き放されていない事を示している。女戸主、一葉の苦悶は果てることがない。母妹の心情を忖度しながらも現実問題として「されども、年比《としごろ》うり尽し、かり尽しぬる後《あと》の事とて、此《この》みせをとぢぬるのち、何方《どこ》より一銭の入金もあるまじきをおもへば、こゝに思慮はめぐらさゞるべからず。」の孤独の深さが胸を衝いて痛々しい。

④　結果としての奇蹟の十四ヵ月—終焉の地、丸山福山町へ転居—

前項のように、商売による生活手段を断ち切り、文筆一本での方向決定は清水の舞台から飛び降りるに等しい変身であった。その決定要因はさしずめ借金の可能性以外にはない。先の日記に続いて

まづ、かぢ町なる遠銀に五十両の調達を申し込む。これは父君存生《ちちぎみぞんじやう》の比《ころ》より、つねに二、三百の

金はかし置きたる人なる上、しかも商法《しやうほふ》手《て》びろく、おもてを売る人にさへあれば、『はじめてのことゝて、つれなくはよも』と、かゝりし也。此金額多からずといへども、行先《ゆくさき》をあやぶむ人は、俄《にはか》にも決しかねて、『来月、花の成行《なりゆき》にて』といふ。

「遠銀」とは神田・鍛冶町の遠州屋銀次郎のことで、かまぼこ製造販売を営んでいた。父則義が存命中、いつも二、三百円を融通していたことから五十円の調達申し込む。しかも、当方から借金の依頼はじめて、したがって融通は当然……の心情が日記文面に見え隠れする。担保もなく、過去の人脈のみを頼り、貸借関係のビジネスに疎い一葉の甘さ。当然のことながら「来月、花の成行にて」——つまり、即答を避け、「花見」時期の営業効果を見ての句読点を置いた返答は、一葉が相手に出来る対象ではない。結果的には四月末に「からくして十五円」とある。

三月二十六日、「半井ぬしを訪《と》ふ。これよりいよ〳〵小説の事ひろく成《な》してんのこゝろ構《がま》へあるに、此人《このひと》の手あらば一《ひと》しほしかるべしと母君《ぎみ》もの給へば也《なり》」。ここで三つの視点が考えられる。一つは「小説」一本での意思決定が明示されていること。二つ目は桃水との接触再開について、中島歌子はむろん、「萩の舎」の仲間も承知していない。それを母多喜が積極的に推奨したことである。それだけ、選択肢が極限された事実の裏付けとして哀れみさえ誘う。三つ目はこれと関連するが、「年比《としごろ》のうき雲、唯家《ただいへ》のうちだけにはれて、此人《このひと》のもとを表《おもて》だちてとはるゝ様《やう》に成《なり》ぬる、うれしとも嬉し。」とあることだ。

やや抽象的・比喩的で分かりにくいため、若干コメントすると、ここ数年、桃水のことが心にかかっていたが、その〝浮雲〟が母の勧めですっきりと晴れ、表だって桃水を訪ねることができるのは「うれしとも嬉し」の意味である。一葉のこの言葉からも、〝大音寺前〟転居は桃水への当てつけであり、衝動的行為であったことが再確認できる。

ところが桃水は「病気にて就褥《しうじよくちう》中なれど、いとはせ給はずは」の返事に、「此日空《このひそら》もようよろしからざりしかど、あづさ弓いる矢の如き心の、などしばしもとゞまるべき。」にあるように空模様など問題ではなく、射る矢の如く飛んで行きたい気持ちでじっとしては居られなかった……とその心情を素直に吐露しているのが微笑まれる。また、桃水は病気でひどくやつれて以前の面影はないが、それでも一葉と別れてからは「一月がほどもよき折なく、『なやみになやみて、かくは』」の言葉に「哀れと《あは》も哀也《あはれなり》。物がたりいとなやましげなるに、多くもなさでかへる。」は、繰返すまでもないが、桃水が会話そのものも苦しそうなため、多く話もせず退出した。しかし、後述するが久佐賀との接触に終止符を打つきっかけを作ったのは他ならぬ桃水であった。一葉、〝後期〟文学の牽引的役割を果たした「博文館」の大橋乙羽《おとは》紹介も結局、桃水の好意と努力に他ならない

翌二十七日、一葉は「小石川に師の君を訪ふ」。ここでも歌子から「『我が萩之舎《ママ》の号をさながらゆづりて、我が死後の事を頼むべき人、門下の中《うち》に一人も有事《あること》なきに、君《きみ》ならましかばと思ふ』など、いとよくの給ふ。」も、転居促進の要因になったと考えられる。したがって翌二十八日、母多喜が、渋谷問題歪曲の一翼であった「佐藤梅吉に金策たのみに行《ゆく》。むづかしげ也しかば、帰路《かへり》、西村に立ちよりて、我《わが》中島の方《かた》へ再度《ふたたび》行べきよし物がたりて、金策たのむ。」に至っては、「佐藤梅吉」と言い、歌

子の言を引き合いに出して西村への金策――もう、なりふり構わずの感を否めない。

日記はここで途絶し、四月は日々の記録は全く無く、十行くらいの全体項である。その中で特筆すべき点を挙げる。一つは「四月に入《いり》てより、釧之助【注　西村のこと】の手《て》より金子五拾両かりる。清水たけといふ婦人《ふじん》、かし主《ぬし》なるよし。利子は二十円に付二十五銭」。西村釧之助が斡旋したと読める。次に中島歌子から「百事すべて我子《わがこ》と思ふべきにつき、我れを親として生涯の事を計《はか》らひくれよ。我が此《この》萩《（ママ）》之舎は即《すなは》ち君《きみ》の物なれば」の歌子発言である。後にこの話は結果としては不成立になったが、さしずめ助教として月二円の手当で「此月《このつき》のはじめぞより稽古にはかよふ。」である。

以上のことから転居先の選定、金策等々、日記空白を余儀なくしたはずだ。そうして「いよ〳〵転《ひっ》居《こし》の事定まる。家は本郷の丸山福山町とて、阿部邸【注　かつて祖父が籠直訴したこともある老中阿部伊勢守の屋敷があった】の山にそひて、さゝやかなる池の上《うへ》にたてたるが有けり。守喜《もりき》といひしうなぎやのはなれ座敷成《ざしきなり》しとて、さのみふるくもあらず、家賃《やちん》は月《つき》三円也。たかけれどもこゝとさだむ。店《たな》をうりて引移るほどのくだ〳〵敷《しき》、おもひ出すもわづらはしく、心うき事多ければ、得《とく》にかゝぬ也。」となった。早速、五月一日、「小雨成しかど転宅《てんたく》。手伝は伊三郎を呼ぶ」。

ところで、一葉がこの場所を選んだ理由は何か。しかも「家賃は月三円」。一葉自身「たかけれども」と言っている。当然、成算があってのことであろう。だが、すでに膨大な借金を抱えている。この段階での確たる収入見通しは「萩の舎」助教手当二円のみ。「家賃」三円、借金返済利子等々――これはどういうことか。

先ず「歩く」一葉の距離的条件から見て、「萩の舎」はさほど遠くはない。私も毎年、ゼミ生たちと歩き続けてみて納得がいく。もう一つの視点が重要だ。それは前述のように、避けられない現実問題としてお金のやり繰りは目下の急務であろう。これをどうするか。その可能性は、今までの経緯から「久佐賀」対応しか無かったのではあるまいか。ここも先のゼミ研修同様、いま関連部分に限っても、東大赤門前の「法真寺」、つまり一葉「桜木の宿」から「本郷菊坂」へ、さらに「宮澤賢治旧居跡」や「元伊勢屋質店」を経て「啄木旧居跡・文学碑」の「蓋平館」（現・太栄館）等を通って一葉終焉の地、すなわち当時の丸山福山町四番地（現・西片一丁目一七）を大体のコースにしてきた。

仮に一葉が転居した丸山福山町から菊坂旧居まで徒歩で約十五分くらいであろうか。つまり、その旧居の「鐙坂」上が「久佐賀宅」、したがって、さしずめ一葉が描いた行動半径は「萩の舎」の助教と「久佐賀」折衝が主目的ではなかったか。

再び「久佐賀書簡」に戻る。

(二)　其後は絶て御光来無之如何被為遊候にやとあんじ過ごし候処只今之御書面にては御移住之御趣初て承知仕候就ては従前之御住宅とは異変はり御地は頗る閑雅風致を占むる場所柄なれば心性之養生を重んぜらるゝ貴姉之如きには一層適当なる御住所と察入候不肖義孝も時々御近辺迄まかり出る事

あれば大に爾来は貴姉と御交際と之利便を開き実に嬉しき様に御座候幸い明後十一日には田口氏方まで用事ありて参る手筈なれば其節は御訪問可仕候右不取敢御返事申上候也

義孝　より

夏子　様

春暮

散りのこる花の木かげをさりあへず春はいくかもあらじとおもへば

久佐賀の書簡末に「明後十一日」とあることから、発信は「五月九日」と推定される。久佐賀も一葉の転居については全く知らなかったらしい。さらに手紙の内容、添え書きの歌を見ても一葉への未練執着は充分考えられる。

(三)　一昨日は大に御妨げ申上候其節は種々御打解けの御話しに小生も思はず心を平らにし淡薄（ママ）にも貴女に対し彼の富士見に御誘ひ申上候処同今の御手紙には人目に憚る事ある由少しく六ヶ敷御言葉ながら最早押して御誘ひ申上兼候間兎に角彼の件は小子らも御取消申上候左様御承知被下度元来該誘引は小生他に所存のある事にはあらざれ共貴女の心意を充分相伺ひ度積りに御座候其訳は小生如き浅学短才且つ貧生に向って顧問になり呉れ株に会計云云は容易ならざる事なれば之れ大いに人目を憚る処而れ共如斯件を小生に語れりとあるからには小生も亦重く相守り密語なき能はざるより斯く料理屋に御招き申上候上貴女の心意を伺ひしの後は或るは頼まれもしたし頼み度事もあらんかと前

後の思慮なく富士見楼に誘ひたる次第なるに反つて貴女の意見と小生の意見が異にする処と相成りたり何にせよ御書面之御趣きでは小生も寔に恥入候次第之れ小生の愚慮の罪なれば宜敷御宥免被下度

二申彼の私交私語上の処は兎も角貴女身上に係はる秘密的に渡る件につき小生宅に御出云云あれ共御承知之如く毎日会務を執扱ひ株に人々出入多き愚宅には他の目にも憚る処なき能はず之れも我術学徒員が術学上に係はる件なれば宜しけれ共事情貴女の秘密上に係はる事柄にして小生が彼是蝶々するを局外者否な家族の耳にせば反つておかしく思ふ事能はざるを恐れ候間之れ亦御賢察被下度

久　印

夏　子　様

追伸　拙者如きと交際せらるゝには何事も余り六ヶ敷云はるゝときは反つて深密《ママ》に渡られざれば少しく淡薄と御交はりあるは反つて嬢の障なるが如し

これは『一葉へ与えた手紙』の注にある五月十三日付発の久佐賀書簡である。「一昨夜は大に御妨げ……」とあるところから、五月十一日は予定通り何らかの形で接触をもったのは確かであろう。しかし、一葉は久佐賀に思わせぶりな〝媚態〟を示しながら土壇場で体をかわす——ビジネス談義ではなく、「顧問・会計云々」の要請であれば慎重に対応せざるを得ない久佐賀の主張は筋が通っている。しかし、「富士見楼」なる料亭招待を断わられた久佐賀はさすがに面子丸潰れ。内容の反復を避けるが、久佐賀の署名が「久印」。さらに「二申」、「追伸」。揚句の果ては「浅学短才且つ貧生」。はたまた「拙者如き～少しく淡薄に」の用語からやや〝捨て台詞〟の感がある。

では、これに対し一葉はどのように反応したのであろうか。これを裏付ける日記文がないので推定の域を出ない。そこで、これも『一葉へ与えた手紙』の同年六月一日付から探索してみる。

㈣　頃者態々御手紙なれど御承知之通り彼の米界大破爛《ママ》にて米屋町には売買連中に大争動《ママ》惹き起し之れが調停之策に苦慮中故不得止御無沙汰仕候而るに昨日に至り事漸く落着致したる為め今明日は身は閑なれども如何にも数日来之所労外出出来難く貴嬢幸い明日閑暇なれば拙宅まで散歩旁御来遊《ごらいゆう》は如何にや右御尋申上候也

義孝　より

夏子どの　前

当時の新聞によれば、日清関係暗雲急を告げることから、「一文も払込まぬ商品取引所株が五十二円まで上がる」（『時事新報』明治27・5・29）等々各紙が先の「米界」大波瀾を充分に裏付けている。したがって久佐賀は相場師たちに勝利のヒントを与えていただけに、相当、めまぐるしかったのに違いない。一葉宛書簡も「夏子どの　前」と変容している。

一方、一葉日記から、久佐賀の手紙への間接的反応と判断できる部分がある。六月五日、「世はいかさまに成らんとすらん。上《うへ》が上なるきはに、此人はと覚ゆるもなし。浅ましく憂《う》き人のみ多かれば、いかで埋もれたるむぐらの中に共にかたるべき人もやとて、此《この》あやしきあたりまで求むるに、すべてはかなき利己流《りこりう》のしれ物ならざるはなく、はじめは少しをかしとおもふべきも二度とその説をきけば、厭《いと》ふべくきらふべく、そのおもてにつばきせんとおもふ斗《ばかり》なるぞ多き」。

これを久佐賀への意識的表現と見るのは早計であろう。それは一葉が、久佐賀接触を続けながらこの日、宗教家二十二宮人丸を訪ね、金銭的援助の可能性を探ってみたものの期待とはほど遠い。したがってこれはむしろ、事前の対応なく性急に二十二宮人丸訪問に対する自己嫌悪と、その結果への憤懣的色合が強い。また、日時的なずれはあるが、義侠的作品をものする村上浪六とも折衝する。これらの事実からこの度の転居は、以前の〝大音寺前〟とは遥かに趣を異にし、文字通り断崖に立たされ、もう後が無いという逼迫感に苛まれていたからである。

つづく日記に、「かつて天啓顕眞術会本部長と聞《きこ》えし久佐賀のもとに物語しける頃、その善と悪とはしばらく問はず、此世に大《おほい》なる目あてありて、身を打ちすてつ丶一事《いちじ》に尽すそのたぐひかとも聞《きき》けるに、さてあまた丶びものいふほどに、さても浅はかな小さきのぞみを持ちて、唯《ただ》めの前の分厘にのみまよふ成《なり》けり。」と書く。

これも額面通り受け取るのは危険だ。度々述べるが一葉は背後に忍びよる「死」の恐怖に慄きながら、現実の問題解決見通し獲得のため必死に闘わなければならない。しかも家族、すなわち母妹も理解はするが危機感の外にある。一葉は日記に託して自分に言い聞かせ、考え方を正当化する一種の〝自己暗示〟しか救いがなかった事実を凝視すべきであろう。

その証拠に、これで久佐賀との間を断ち切るかと思うと、必ずしもそうではない。やはり、継続していく。次に久佐賀書簡(五)を示す。

(五)　此状御覧済の上貴意に適せざれば直ちに御火中被下度

先日は態々御光来を忝ふしたるに何の風情も無之只例之我儘勝手之話しのみにて実に御聞く労敷（ママ）き事と察入候若しも御気に障りし事もあれば幾重にも御海容を乞ふ偖其節之御話しを承り彼れか是れかと種々苦慮をなしたれ共金員の事なれば何分能き良案とて思ひ当らず而るを其後貴姉は如何に御決断被遊たるにや即ち他に良策求められしにや先日も申す通り歌道は貴姉年来之御望み而るを一朝活計上に困難を来たしたればとて是迄之志を水泡にせらるゝは如何にも残念至極にて乍蔭思ひ案じ居り候然れども人生の最も大切なる此の衣食住之用度即ち金力にして如何に志を遂げんとしても此の金員に支へられては如何程の豪勇も詮すべきもなき次第にて先づ此の用度に充つる金銭の才覚は最も必要なりとするに之れが為御困苦の瀬に頻せらるゝ貴姉を愛する小生も傍観するに忍びざる訳にして此等之金員は早くも小生より引受けんと決心はしたれども亦能く考へて見るに如何に交誼厚しと雖も謂れなく貴姉に向つて救助するときは貴女も之れを心善しとせざる事ならんと躊躇今日に及びたり而し乍ら小生は貴姉の身上に対し飽迄相助け度精神は山々なれば無遠慮御決心を密に御

洩しあらば其所存之如何に依ては貴姉の目的を達する迄は貴家安全に渡らるゝ様に小生より引受申可候
　勿論貴女の御決心は他にあらず如斯貴女の身上を小生が引受くるからには貴女の身体は小生に御任せ被下積りなるや否やの点なり右は甚だ慮外の申分なれども実は余り貴女の御困苦を察し過ごし是迄折角の目的を今や廃止せられんとする危急之場合なれば普通の良心に問ふの遑なく斯くは意外の色眼に迷ひ貴意を伺ふ次第なれば御咎めもなく宜敷御返事あるを待つ

夏子様

この書簡は一葉日記から見て六月九日着と考えられる。その日記は後述するが、とにかく重要な内容が多く記載されている。一つは久佐賀から「拙宅へ……」の要請を受け、「先日は態々御光来……」の語句で一葉は久佐賀宅訪問の事実が分る。さらにその時、小説執筆ではおそらく当時の世情から疑問視される。したがって「萩の舎」の件を敷衍して「歌道」実現への援助を要請したのではないか。一方、久佐賀はその実現に要する「此等之金員は早くも小生より引き受けんと決心……」等々とつづくことから、かなり突っ込んだ意見交換がされたと思われる。

久佐賀も一葉の具体的要請について即断を避け、かなり慎重に対応していることが書簡から読み取れる。これに対して一葉は、「九日成《なり》けん、久佐賀より書状《ふみ》来る。君が歌道熱心の為に、しか困苦せさせ給ふさまの、我《わが》一身にもくらべられていと憐《あはれ》なれば、その成業《せいげふ》の暁《あかつき》までの事は、我れに於《おい》て、いかにも為《な》して引受《ひきうく》べし。され共《ども》、唯《ただ》一面の識《みしり》のみにて、かゝる事を、『たのまれぬ』とも、『たのみたり』ともいふは、君にしても心ぐるしかるべきに、いでや、その一身をこゝもとにゆだね給はずやと、厭《いと》ふべき文《ふみ》の来たりぬ。……」がある。

やや横道に逸れるが、世間ではこの、「一身をこゝもとにゆだね」云々が突出してひとり歩きしている傾向がある。確かに今日的発想からみれば多くの人から顰蹙を買うかもしれない。私は事の善し悪しを論じているのではない。自戒を含めてであるが、物事は部分のみを限定して考えることなく前後の文脈を整序すべきだという点である。いま一つは明治という時代背景を知悉すべきだ。すでに述べた「萩の舎」でのライバルであった田辺花圃の父太一は〝妻妾同居〟は公然の秘密であった。

別項でも触れたように、「死」と対峙せざるを得なかった一葉であるが故に、久佐賀に対して「さらば一身をいけにゑにして……」あるいは「我が一生は破れ〳〵て、道端にふす乞食かたゐの末こそ……」、「好死処……」等々、久佐賀誘導の責任の一端は一葉にもある。私は拙著で、一葉を〝精神的娼婦〟と書いたことがある。もちろん、一葉・蔑視ではない。そこまで追い詰められた一葉の苦衷を察するの謂いである。

再び日記に戻る。一葉は先の手紙に憤怒しつつも、「さもあらばあれ、かれも一派の投機師《やまし》なり。一言一語を解せざる人にあらじとて、かへしをした、たむ。」とあるではないか。ただ、これも一葉の日記から拾わざるを得ないが、「一道を持《も》て世にたゝんとするは、君も我れも露ごとなる所なし。我れが今日までの詞《ことば》、今日のまでの行《おこなひ》、もし大事をなすにたると見給はゞ（四字抹消　注『一葉全集』〈第四巻日記下〉筑摩書房　昭和29・3）扶助《ふじょ》を与へ給へ。われを女と見て、あやしき筋になど思し給はらば、むしろ一言にことはり給はんにはしかず。いかにぞやとて、明らかに決心をあらはして、かなたよりの返事を待つ。」とある。実際はどのように書いたか分らない。だが、「四字抹消」は筑摩書房『樋口一葉全集』〈第三巻上〉（昭和51・12）の脚注でも「数字抹消。『金を助け』と読める。」とある。一葉の苦渋の選択であろうが、受け取る側に然るべく判断を……と読み取ることを任せるの意味になる。だが、例の要請を拒否した事は間違いない。それに対する久佐賀の書簡を挙げる。

㈥　御手紙之趣宴に恭くは存候得共彼の当時中上候通り不図した処から交際の熱度を強め君が親切の話しにほだされ恥かしくも恋情の闇に迷ひ過ぎ思ひをこがしたるつやがき差上げ候得共色能きなさけを御洩らしに預らず此れ恰も猿猴が水月を望むと同一にして到底思ひの達すべき事に無之次第とあきらめたる義に御座候而るに今度種々の御恨み事を蒙りたれども斯る恥面さらしてどふして君にまみゆる事の出来得べく哉能〳〵御賢察玉りたし只此上は拙者の如き無教育者と是迄交言したるは穢はしき事と御恨みなからん事を偏に願上候夫れとも斯る者に出合ひたるも過世の因縁と思召しの上拙者の思情を届かせ玉はらば実に望外の幸栄にして其嬉しさ何んぞ他を選ばんや

夏　子　様

これは同十一日と推定される。ただ、久佐賀の書簡中、「今度《このたび》種々の御恨み」云々から見て一葉から久佐賀宛ての内容は先の日記とはやや趣、表現を異にしているかも知れないが、その記録が残されていないのでこれ以上は踏み込めない。

その後、同年七月一日、既に述べた幸作死去等々から久佐賀との接触が中断される。だが、十一月十日に、「けふは、なみ六のもとに金かりる約束ありけり。九月の末よりたのみつかはし置きしに、種《いろ》々《いろ》かしこにもさしさわる事多き折柄《をりから》にて、けふまでに成ぬ。『征清軍記』をものしたるその代金きのふ来《きた》るべければ、今日は早朝にても、との約なればゆく。『軍記』いまだ出来あがらねば、金子《きんす》まだ手に入らず。今一日ふつかはかゝるべし、ふたゝび此方《こちら》より沙汰せん。〜家は今日《けふ》此頃、窮《きう》はなはだし。くに子は立腹、母君の愚痴など、今更ながら心ぐるしきはこれ也。」と久佐賀から浪六へ方向転換したものの、所詮、ここも不首尾。前面・後背に重荷を背負って八方塞がりの一葉像がちらついてやりきれない。

進退窮まった一葉は、再び、久佐賀との接触を始めたことが想定される。これが久佐賀書簡(七)である。

(七)　先の中入れ御聞入れ之段恭なし亦彼の金員の如き生如き貧困の身にては当底《(ママ)》思いもよらざれ共将来君と相交《(ママ)》はり中君が何かの目的上にて金銭の入り目は其目的の如何に依て生も大いに賛成し千円と限るに及ばず五千円でも手都合は致す筈而し乍ら目下の急務とする処は君が生計上にして乍失敬月十五金位ひは毎月の交はりの情を以て手許より補助するは心安し凡そ人間として此浮世にあるか

らには生活の道を立つるは一番にして之の道を安んぜずば仮令如何なる豪鬼《ママ》の人も目的の方針を撓ぐに至る故に此の治道は安全に相定め而て後風流の道も講じて宜し又目的を充分に考へて宜しとす御返事中新柳美人云々と申さるれども生は如斯偽飾者此之仮美人は余り望ざるべし只だ〳〵生が望む処の美人は心意の美なるにあり亦精神の丈夫なるにあり之れを能く御賢察を乞ふ次に君は恋の如きは一朝一夕に出来るものにあらずと云わるゝも之れらは普通人の申す語かと思はる即ら君は生の心中も知らるゝならん亦生は君の精神を能く識る処なれば仮令年月を経ずとも相分る筈箇様の緩き話は御止めになるが宜し蓋し君にも似合はざる御詞なればなり願くば確然丈夫らしき御返事あるべし

附白生も将来大いなる企望を抱き居る処にして之の事今公然と相語り難き処なれども君と御交情の上は明らかに物語り或は助け或は補はれて貰ひ度積り故に実に此の頃より君を恋ひ慕ふ処なれば何卒手緩るき年月云々は御止めあれ可成丈夫の御確答あらん事を右は明細に御書面差上可申上候筈の処御承知の明九日は生等発企の祝勝会あるに大繁忙中なれば乱筆御免被下度余は君の御確答なる御返事を待ちて御面談申上候也

おなつ様

右の書簡末尾に「明九日は生等発企の祝勝会……」から、当然、同八日付と想定される。また、当時の新聞でも「東京市第一回戦捷祝賀大会　日比谷ケ原、二重橋前を埋め尽した群衆　万歳を連呼しつ、上野祝賀会場に繰込む」（『時事新報』明治27・12・11）等々、各紙から、かなり長文の記事を見ることができる。

ところで、先の久佐賀書簡の冒頭に「生の申入れ御聞入れ……」並びに、「千円と限るには及ばず五千円でも」、さらに「月十五金位ひは毎月交はりの情を以て手許より補助するは心安し……」の具体的内容の言葉が出る。一葉から久佐賀宛の内容は表面的には不明であるが、久佐賀は一葉からの批判？的文言にも一つ一つ律儀に応えている。したがって一葉から久佐賀宛ての内容はほぼ察しがつく。ところで、これは下書きとも想定されるし、果たしてこれが久佐賀に対してはどのような書き方をしたか、結果は判然としないが、「私は女なれども御はなしの上の片腕にも成るつもりにもこれあり候決して御遠慮なくおもふ事もさせてをかしき事よの中について御（二字不明）など守れとならば随分人にはもらさぬ私に御座候」はどういうことか。借金で全く動きがとれない一葉であってみれば、苦肉の策としてこのように書かざるを得なかったのか。

一葉は選択の余地なく追い詰められとは言え、思わせぶりな「伏せ字」——仮に〝秘密〟などとも読める。事の真偽はともかく、とうとう「千円」（今日の約一千万円）の借用を申し込んだことは間違いない。この「千円」の根拠について野口碩氏編集の『樋口一葉來簡集』（筑摩書房　一九九八・一〇）の「注」によれば、「丸山福山町転居以後生活難を多方面からの借財で補って来た負債が溜まり、その清算のため高額の返済金の調達が必要になったという事情がある。その時の久佐賀宛に出した拝借依頼の手紙の下書きの断片と考えられる。（略）その中に『借財山の如き身ハ之に千両ほどなくてかなはぬ金子の御座候』とある部分（略）と呼応する。」という。ともかく、無担保で通常ならば今日的発想でも五十万円、或は百万円の借用申し込みがあるかも知れない。だが「一千万円」――これは一体、何ものか……と逆に視線を向けると言えようか。もっとも久佐賀は初対面の折から「君の精神の凡ならざるに感ぜり。願くば爾来親しく御交際玉はらば余の本望になるべし。」と述べていることによっても、一葉の才能を見抜き興味を抱いて来たことは事実だ。それにしても一葉はとことん、追い詰められていた。読んでいてもその〝凄惨〟的孤影から思わず眼を背けたくなるような戦慄さえ覚える。

久佐賀書簡を続ける。

(八) 毎々嬢の意中のある処を伺ひ其御気性は男も及ばざる処と兼而より慕はしく思へばこそ之れ迄交際仕なり而れども拙者にも亦国家的に係はる大企望《(ママ)》もある故に亦時に依ては嬢に一助を乞ひ度処が之れ在り益々親密にせんと欲し実は一体同心と迄なるには嬢の身体を余に任せらる丶様先日願上候得共今日の御手紙には女となる事は出来ざるとの御事なれば是非もなし而れども初めから斯く迄厚くなるには何らかの因縁と御思召の上拙者の望みに任せ被下候はゞ何分よりの幸栄か彼の情合的のみに係はらずして実に嬢の如き御仁物は我が大企望の機能者に得難き次第なれども凡て浮世の事は俔ならざる事とあきらめるより外仕方無之候而れども篤と御賢察の上御決心之極まれば嬢の目的を達するならんが亦拙者の企望も運が開くの基ひとなる唯だ拙者は嬢と情交を仰ぎ拙者の大企望を打明け将来我が目的を達せんとするに外ならず

右之次第なるを以て若し拙者の意を御許容なくば重ねて御返事御無用之儀に候右は本日の返事迄斯く申上候也
何卒書面御覧済之上は火中に被成下度候
夏　子　様

この書簡に「国家的に係はる大企望」云々については、久佐賀はその後、「政界」「実業界」等にも進出している事は既に述べた。また、末尾に「右は本日の返事迄……」とあるところから、書簡㈦に続くものと考えたい。ただ、本稿の趣旨がこれらの検討吟味にあるのではなく、一葉が生と死のはざまで懸命に生きたその真実の姿を多くの読者に理解を願うことが目的である。したがってこの件はいずれ別項で検討し、その責めを果たしたい。

久佐賀が一葉を「嬢の如き御仁物は我が大企望の機能者に得難……」と述べたのは、ひとり社交的言辞だけとは言い切れない。後に「女性職業作家」としてこれを為し遂げているのが何よりの証しといえよう。ところで、久佐賀の手紙に対する一葉の反応であるが、久佐賀の名前は翌二十八年四月二十日まで姿を消す。もっとも日記そのものが断続的記載になっている。その前に久佐賀書簡㈨を紹介する。

㈨　近頃春暖に向ひ何となく心も陽気と相成候処君は愈々御壮健之事と察入候其後は貧に追る、僕の身の上として東と西と駈け廻はり遂に是まで御無音に打ち過ごし平に御海宥を乞ふ去り乍ら一度位は君より御通信ありしとて左程罪にも不相成候哉と愚痴申上候而し乍ら近来は戦争騒ぎ之人の心定かならざれば廿七年八月以前と今日とは多少人心も進化せし一般之風潮に連られ或は君も左様かは知らねども亦以前は〳〵今日は〳〵として御交際被下ても左程御迷惑にも不相成やと御恨み申上候兎に角人間は考ふると云ふ一種之動物なればつまり浮世は捨てたればとて其考ふる目的又考ふる材料を求むるは必要なものにして之れを要むるとは色々之人々に交際なし新説奇談を或は聞きもし或は交際もして智と意識を喜ばしむるは実に無限の快楽ならんかと感察《（ママ）》申上候願くば旧情御見捨なく御高説示されん事を待入候也心闇之乱筆御用捨を乞ふ

久佐賀

樋　口　様

（切手消印は明治二十八年三月二十五日）

この手紙でも先の中断がはっきりする。さらに、宛名も従来の「夏子様」「おなつ様」から、この度は「樋口様」――ここにも時間の経過、交際中断を物語っている。「一度位は君より御通信……」から例の「月十五金位ひ……」は結局、実現しなかったのであろうか。

そこで先に触れた一葉日記の久佐賀再登場を紹介する。同年四月二十日、「小石川けいゝ成。早朝、大橋君来訪。日没近く家にくれば、久佐賀来訪。西村君もありけり。久佐賀ぬしと共に夜《よ》ふくるまでかたる。金《きん》六十円かり度よし頼む」。従来も先達が説くように「六十円かり度よし頼む」は唐突感がある。もっとも、一葉の突然は珍しいことではない。つづく五月一日の日記に「書《ふみ》を久佐賀のもとへ送る。金子《きんす》早々にとたのみやる。（略）午後《ひるすぎ》、久佐賀より書《ふみ》あり。博覧会見物がてら京都へゆきて、かの地よりの状《ふみ》なり。六月末ならでは帰宅すまじとの事、さては留守へ文《ふみ》さし出したる事成しと笑ふ。金子の事、さらばむづかし。浪六のもとへも何《なん》となくふみいひやり置きしに、絶《たえ》て音づれもなし。誰《た》れもたれも、いひがひなき人々かな。三十金五十金のはしたなるに、夫《それ》すらをしみて、出《だ》し難《がた》しとや。」は、例の通り一葉の一方的な心情からの憤怒である。確かに先の「借財山の如き身ハ之に千両ほどなくては……」の窮地から見れば「三十金五十金のはした」かもしれない。また「西村君も……」は前日に「西村婆君《ばばきみ》」とあるところから「釧之助」ではなく、その「婆君」かと思われる。この人が同席かどうかは不明だが、それにしてもいささか両者の間に食い違いがあり過ぎる。

　京都からの久佐賀書簡㈩を挙げて久佐賀書簡を結ぶ。

㈩　小生は本月廿六日出発只今弊地に滞在中にて兼て御約束之通り当底帰京覚束無之尤も此節同伴者四名にて此の処五六日間も滞り夫れより奈良大坂から丹後地に渡り天之橋立に行くつもり左れば来月下旬か又は六月頃にならざれば帰京出来難き様と相考へ候故に兼て御依頼之金件は今度丈けは脇方に御繰り替へ被下度委細は追て帰宅之上夫々御面談申上候也

久佐賀

樋　口　様

（発信地住所は京都市下京区柳馬場四条上ル伊勢屋方、消印は同年四月三十日付である。）

久佐賀に関する主なる資料は、以上を最後として姿を消すことになる。ところで久佐賀の手紙の中で「兼ねて御約束之通り……」から暫く不在を一葉にはどのように伝えたのであろうか。また、京都からの手紙の結びに、「今度丈は脇方に御繰り替へ」はどういうことか。二つの解釈が可能だ。先ず一つは、塩田良平氏がいう「今まで都合したが今度だけは……」である。もう一つは「「今までも都合がつかなかったが、この度もまた、特に旅行中のため、今度丈は……」もあろう。しかし「丈」の限定を考えると前者は筋が通っている。そうだとすれば、一葉はその前に久佐賀から「金」の協力を受けていた事になる。

その後、同年十二月四日付けで久佐賀は一葉に転居挨拶を送っている。このことを久佐賀サイドから見ると、先の問題に拘りがないことを意味するのか。ところで、一葉文学に対する久佐賀の影響については既に若干触れた。だが久佐賀、村上浪六等からの援助の望み困難を悟ったことが、自力で執筆活動に専念せざるを得ない決意を新たにしたと言える。

久佐賀との一年有余にわたる接触は先の経緯でも分るように、時には想像を越える積極性、時には〝接ぎ穂〟を残しての後退ポーズ、はたまた巧みに体をかわしての変幻自在——常にイニシアチブをとる必死の〝攻防〟は従来の一葉像から、およそ考えも及ばない迫力である。そうして一葉自身が一番、そのことを苦衷の中に刻み込んだのでいたのではなかろうか。それだけ断崖絶壁に立たされて厳しい現実を改めて思い起したい。

この久佐賀体験は一葉を一回りも二回りも大きくした。そうして一葉は逃げなかった。従来の古典的色彩の作風から、避けられない現実凝視の『大つごもり』はひとり市井作家への転換などと抽象的表現では片付かない重厚なものである。また、これが「奇蹟の十四ヵ月」の嚆矢に相応しいスタートに繋がった。

周知の事ではあるが、以上の延長線上に改めて「奇蹟の十四ヵ月」の作品を列挙して見る。繰り返すが『文学界』に『大つごもり』(明治27・12)。『たけくらべ』(『文学界』同28・1〜3、8、11〜29・1)。『軒もる月』(『毎日新聞』同28・4)。『ゆく雲』(『太陽』同28・5)。『経つくえ』(『文芸倶楽部』再掲載 同28・6)。『うつせみ』(『読売新聞』同28・8)。『にごりえ』(『文芸倶楽部』同28・9)。『十三夜』(『文芸倶楽部』同28・12)。『やみ夜』(改題して『文芸倶楽部』へ再掲載 同28・12)。『この子』(『日本之家庭』同29・1)。『わかれ道』(『国民之友』同29・1)。ついでながら触れると未完ながら問題作『裏紫』(同29・2)である。前にも少し述べたが、世に奇蹟的な事はあっても奇蹟はない。しかも名作『たけくらべ』を『文学界』に七回にわたって分載しながら一方、『にごりえ』『十三夜』等の問題作を同時並行執筆だけに驚きである。なぜ、出来たか。作品論ではないので極めて短絡的にいうと、既に述べたように「死」の恐怖に追いかけられ、もう、後がないという切羽詰った極限の中で『にごりえ』『十三夜』等〝暗部〟の作品を書き、一方、水面下では出会いと別れという人生の宿命を描きながらも詩的抒情性の『たけくらべ』で心の句読点を得る相乗効果。また、〝大音寺前〟での体験を生かした未定稿『雛鶏《ひなどり》』を底辺に敷衍しつつ、さらに桃水への愛憎を交錯させながら、あわせてこれを己れの青春の〝挽歌〟として〝美化〟抽象化し、自己救済を図ったということができようか。

十四　久佐賀からの離脱と「博文館」での再生

明治二十八年三月二十九日、一葉は、時の文壇や出版界に大きい影響を与えていた「博文館」の女婿、大橋乙羽から手紙を得た。それは、

謹啓一書候
未だ御目もじは不仕候共御高名は諸雑誌にても承知仕り、かねては半井桃水、藤本藤陰両君よりも承り敬慕斯事に御座候
就ては御住所をも半井君より傳承突然ながら御願上候
御存じも候らはんか当館より文芸倶楽部といふ小説否文学雑誌発行し已に三号まで出版仕候が二三十枚の短篇小説一篇是非頂戴仕度御閑もあらせられずとは存じ候得共其内にて宜敷候間是非〳〵御寄稿願上候御謝儀は御満足とは不参候なれど御労力に酬ひ奉るべき丈の事は屹度可仕候間何分御願申上候　先は用向のみ申上候

敬具

二十八年三月廿九日　博文館にて　大橋乙羽

樋口一葉　様

碩北

この「博文館」の大橋乙羽との出会いは乙羽の書簡にもあるように、桃水・藤陰の介在がある。そうして、この二十八年の「博文館」との関係について山田有策氏は、「彼女にとって幸運であったのは、この年博文館が高山樗牛を主幹とする『太陽』や硯友社系の『文芸倶楽部』を創刊し、思想と文学のリーダーシップを取ろうとした時期だったからである。その中心人物が大橋乙羽であり、彼の鑑識眼に認められた点が一葉の幸運であった。」（『樋口一葉事典』おうふう　平成8・11）と説明している。したがって、この乙羽の関係は以後の一葉の評価を決定的にしたと言える。関礼子氏も「一葉において、真に編集者と呼ぶべき人物は誰であろうか。それはおそらく大橋乙羽であろう。」（『姉の力　樋口一葉』筑摩書房　一九九三・一一）は間然とするところがない。一葉が父の七回忌法要費用の借用を申し出た時も乙羽は、「御書きかけのものと御旧作」でもあれば意に応えるという近代的ビジネスライク。乙羽接触以後は後述するように『たけくらべ』の一括発表をはじめ、この再掲載が目立つ。

　ところで、話は前後するが、先の三月二十九日乙羽要請の原稿は『ゆく雲』である。結果としては『太陽』掲載となったが、乙羽は同四月二十日に一葉を訪問している事は先に挙げた。以後、乙羽の尽力によって一葉の『経つくえ』を再掲載、つづく『にごりえ』『十三夜』を『文芸倶楽部』へ、『暗夜』を『やみ夜』と改題して再掲載。そうして『文学界』へ七回にわたって分載されていた『たけくらべ』を『文芸倶楽部』に一括掲載――これによって森鷗外・幸田露伴・齋藤緑雨の「三人冗語」で賞讃されたことは言うまでもない。特に森鷗外評は特筆に価する。周知のことであるが、一応の手続きとして明治二十九年五月二日の一葉日記から紹介すると、「今文だんの神よといふ鷗外が言葉として、『われは、たとへ世の人に一葉崇拝のあざけりを受けんまでも、此人にまことの詩人といふ名を送る事を惜しまざるべし。』といひ、『作中の文字五、六字づゝ、今の世の評家、作家に、技倆上達の霊符として飲ませたきもの』」という賛辞がそれである。

では、一葉はこれらの好評に対してどのように受けとめていたか。『にごりえ』『十三夜』等も含め日記から挙げる。二十九年一月頃と想定されるが、「こぞの秋、かり初に物しつる『にごり江』のうわさ、世にかしましうもてはやされて、かつは汗あゆるまで評家などのかしましき事よ。『十三夜』もめづらしげにいひさわぎて、『女流中ならぶ物なし』など、あやしき月旦【注　月はじめ雑誌評】の聞えわたれる、こゝろぐるしくも有かな。（略）友のねたみ、師のいきどほり、にくしみ、恨みなど限りもなく出来《いでき》つる、いとあさましう情けなくも有かな。虚名は一時《いっとき》にして消えぬべし、一たび人のこゝろに抱かれたるうらみの、行水《ゆくみづ》の如く流れんさらんか、そはかりがたし（以下略）」。

世にこれを一葉の〝僻み〟ととる見方もある。だが、そうであろうか。「虚名は一時」、しかし、反対に「ねたみ」、「いきどほり」、「にくしみ」、「恨み」等は永久に消え去る事が無い。一葉はここでも冷静に人間の基本的根幹を衝いている。この背景は知識や観念ではない。すでに幾度も触れてきたように一葉自身、避けられない過酷なリアリズムを嫌というほど体験して来たことではなかったか。もう一つ、名声は即、生活経済の安定と連動するという期待がものの見事に裏切られたことだ。それは「秋のはじめさまざまのこと多く、されど一銭の入金もなくせんかたつきて（抹消）をたのまんと恥をしのびてゆきたれど、なにのかひとてなかりし、たゞたゞこれは生涯の恥なりし」。邦子、写筆と想定されるこの部分は、多分、二十八年の秋かと思われる。例えば前述の後半にある『十三夜』掲載の「閨秀《けいしう》小説のうれつるは前代未聞《みもん》にして、はやくに三万をうり尽し、再《さい》はんをさへ出すにいたれり。はじめ大坂へばかり七百の着荷《ちやくに》有《あり》しに、一日にしてうり切れたれば、再び五百を送りつる、それすら三日はもたざりしよし」。この実態と一葉一家の生活の乖離——これを〝僻み〟ととれるだろうか。

いま一つ挙げる。やはり、この後に「このほど、大坂の人上野山仁《うえのやまじん》一郎、愛読者の一人なりとて尋ね来つ。かの地における我がうわさ語り聞かす。我党《わがたう》崇拝のものども打つどひて歓迎のもうけなすべければ、此春はかの地に漫遊《まんいう》たまわらばや。手ぜまけれども別荘めきたるものあり。いかでおはしませなどいざなふ。尾崎紅葉、川上眉山、江見水蔭および我れを加へて、二枚折《をり》の銀屏《ぎんびやう》一つはりまぜにせまほしく、うらばりは大和《やまと》にしきにして、これを文学屏風《びやうぶ》と名づけ、長く我家《わがや》の重宝《ちやうはう》にせまほし。いかで原稿紙《げんこうし》一《ひと》ひら給はらばや。など切《せち》にいふ。金子《きんす》御入用《おいりよう》の事などもあらば、いつにても遠慮なく申《まうし》こさせ給へ。いかさまにも調達し参らする心得也。」の積極的歓待に対しても一葉は、「ひいきの角力《すまふ》に羽《は》をり投《な》ぐる格《かく》にやとをかし。」とクールに突っぱねている。

たたみかけるようで悪いが、もう一つお許しを願う。「あやしき事また湧出《わきいで》ぬ。府下の豪商《がうしやう》松木何がし、おのが名をかくして、月毎《つきごと》の会計に不足なきほど我がもとに送らんと也。（略）松木は十万の財産ある身なるよし。さりとも、名の無き金子《きんす》たゞにして受けられんや。月毎いかほどを参らせんと問はれしに答へて、我が手に書き物なしたる時は、我手にして食《しよく》をはこぶべし。もし能《あた》はぬ月ならば、助けをもこはん。さらば、老親に一日の孝をもかゝざるべければとて、一月の末《すゑ》二十金をもらひぬ」。

さらに「取次ぐは西村の釧之助。同じく小三郎」である。匿名でしかも「月毎の会計」――これは一葉が喉から手が出るほど欲しかった〝朗報〟ではなかったか。それを、何故、辞退したのか。

同年六月二日に、「家は中々に貧《ひん》迫り来てやる方《かた》のなければ、綿のいりたるもの、袷《あはせ》などはみながら伊せやがもとにやりて、からく一、二枚の夏物したて出《いづ》るほどなれども、やがてのくるしみをうけまじとて、母も国子《（ママ）》も心をひとつに過《すご》す、いとやるせなし。」がこれを許さなかったのが主な理由と見る。ただ、主語省略でいささか分りにくい点があるのでその要点を述べよう。

つまり、家の方は貧乏が逼迫してどうにもならない。綿入れや袷は伊勢屋の蔵、「からく一、二枚の夏物したて出るほどなれども」はどのように解するといいのかやや迷うが、後、僅かな収入は夏物一、二枚の仕立代のみ――だからといって出版社からの借金は将来の苦しみ【注　作品書けず、返済の見通しも立たない】になる事を母妹と共に苦しみながら、日々暮すのはまことにつらい……の意であろうか。

以上のように生活は一向に好転しない。しかし、一葉には意地とプライドがある。援助は受けたがそれを作品?で返すことの不可能を一葉は知っていた。同様に母も邦子も当然ながら生活確保はしたい。だが、両人とも一葉の余命幾許もないことを認めないわけにはいかなかった筈だ。したがってじっと耐えて一葉の主張を受け入れていたのではなかろうか。

一葉はこのように「生」と「死」のはざまにあって、巷間に溢れる名声に歓喜することも出来ず、悲痛と闘いながらただひたすら現実との隔たりを凝視せざるを得なかった。

しばし文机《ふづくえ》に頰《ほほ》づえつきておもへば、誠にわれは女成《おんななり》けるものを、何事のおもひありとてそはなすべき事かは。
われに風月のおもひ有やいなやをしらず。塵の世をすてゝ、深山《みやま》にはしらんこゝろあるにもあらず。さるを、厭世家《えんせいか》とゆびさす人あり。そは何のゆゑならん。はかなき草紙《さうし》にすみつけて世に出せば、当代の秀逸など有ふれたるの言《こと》の葉《は》をならべて、明日はそしらん口の端《は》に、うやくしきほめ詞《ことば》など、あな侘《わび》しからずや。かゝる堺《さかひ》に身を置きて、あけくれに見る人の一人も友といへるもなく、我れをしるもの空《むな》しきをおもへば、あやしう一人この世に生れし心地ぞする。我れは女《をんな》なり。いかにおもへることありとも、そは世に行ふべき事か、あらぬか。

多くの解説は必要としないと思う。だが、一つだけ挙げる。それは菅聡子氏の、「自らの『女』を認識する時、一葉の思考はより具体的な現実を抽出する。『われ』の『おもひ』や『こゝろ』を知ることなく、ある者は彼女を『厭世家』と名づける。作家として作品を発表すれば、彼女に向けられのは『明日ハそしらん口の端にうやくしきほめ詞』にすぎない。作品の周りには意味をなさない言葉が空転し、身体としての彼女、すなわち『女』としての彼女は意味づけられ解釈される存在となる。だが、そのような一葉の内面の葛藤や苦悩が理解されることはない。自己認識と他者による解釈のずれは、彼女を『あやしう一人この世に生れし』かのような深い孤独の淵に追いやる。本当の意味で一葉を『しる』者はいないのである。そしてここまで思い至ったとき、再び彼女は自らの『女』に至りつく。『我れは女なり　いかにおもへることありともそハ世に行ふべき事かあらぬか』」（『時代と女と樋口一葉』N

HKライブラリー　一九九九・一）。前後の文脈を端折って筆者の意図を歪めたことを詫びなければならないが、とにかくこれが一葉の到達した境地である。

一葉の断片的な日記も明治二十九年七月二十二日、遂に尽きてしまった。八月、病重く山竜堂病院で樫村院長の診察を受けたが絶望。九月、鷗外を介して青山胤通の往診も同様であった。一葉は十一月二十三日、二十四歳と六ヵ月の生涯を閉じた。法名は智相院釈妙葉信女。現在、一葉は東京・杉並区和泉の本願寺の墓所で眠りつづけている。

樋口一葉の墓

十五　結びに代えて

一葉文学を貧窮の淵にのみ埋没させることなく、しかも今日、なお、燦然と光り輝く一葉文学を形成したのは一葉自身の先天的資質はいうまでもない。だが、すでに述べてきたように避けられない過酷の運命に立ち向かい、むしろこれをばねとして大きく羽ばたいた一葉のバイタリティは凄まじい。相馬御風が一葉を「最後の旧き日本の女」（明治43・1）と称したことがあった。今日においても、このような見方は存在する。だが、そうであろうか。再び、菅聡子氏の登場を願う。「一葉の二十四年の生涯は短く、長い近代文学史の流れのうえから見れば、彼女が作家として存在していたのはほんの一瞬の時間に過ぎないかも知れない。しかし、厳しい自己認識に裏打ちされた〈ものを書く女〉としての一葉の孤独な闘いは、明治という時代、近代という時代の矛盾や制度の抑圧を鋭く描き出し、ともすれば埋もれてしまう明治を生きた女性たちのさまざまな声を、現在を生きる私たちに伝えている。女性作家樋口一葉は、その後に続く多くの女性たちの声の原点として、これからも長く記憶され続ける作家なのである。」（『時代と女と樋口一葉』ＮＨＫライブラリー　一九九九・一）は、本書の狙うべき主題の正鵠を言い当てているので、結びとして紹介させていただいた。

人間は早晩の違いはあっても「死」は免れない。したがってどのようにして死と向き合うかではなく、どのように生きたかによってその人の価値が決まる。では、今を生きる私たちは、一葉が瞬間瞬間全力投球を続けた人生から何を学べばよいのか。

一葉が単独での久佐賀訪問、一葉サロンと称された若き文学者の来訪懇談、そのようなことから時には明治という時代の常軌を逸した行動もつまりは「戸主」なればこそではなかったか。一葉の生涯は不幸の連続という人が多い。これはある意味で正しい。だが「幸せであること」と「幸せと見られること」は違う。後者は他者との比較においてなされるだけに、永久に不満は消えない。私は本稿では桃水について随分紙幅をとった。それは一葉の短い生涯の中で、たとえ一時、愛が憎しみに変ろうとも心に秘めた桃水への思い――この一点だけでも一葉の救いではなかったか――への思いからである。

「五千円札」を機に、通常の幾倍もの凝縮された一葉の人生から、今日、出口不透明な世情の中で、さらに生きる意味を改めて考えて頂きたいと希うものである。

樋口一葉略年譜

明治五年（一八七二）　一歳（数え年）

旧暦三月二十五日（新暦五月二日）東京都第二大区一小区（現・東京都千代田区）内幸町一丁目一番屋敷の東京府庁抱地内長屋官舎で出生。戸籍名は変体平がなの「奈津」。他になつ・夏・なつ子・夏子。父は東京府小属、樋口為之助。（天保元年十一月二十八日〈改元のため文政十三年十一月二十八日生れ〉、甲斐国山梨郡中萩村十郎原に農民八左衛門の長男として生まれる。幼名大吉。明治五年旧五月、則義と改名）四十三歳。母たき（天保五年五月、甲斐国山梨郡中萩原村青南に農民古屋安兵衛の長女として出生、幼名あやめ）三十九歳。ところで一葉の父則義は安政四年四月、出産間近いあやめを連れて郷里を出奔。同郷の先輩で蕃書取調役勤番の真下専之丞を頼り、あやめは同年五月十四日長女ふじを出産後里子に出し、旗本稲葉大膳の娘鉱の乳母にあがり、二人は粒粒辛苦の末、慶応三年七月南町奉行所配下八丁堀同心浅井竹蔵の株（三十俵二人扶持）を三百八十二両二分銀十匁（内金五十両、後金五十両、残金は五十年賦）で買収契約、かつ竹蔵の母の養育を約束して待望の士分となった。加えて、先祖はかつて武士であったという家系図までも操作して……しかし、その年の十月十四日徳川幕府は崩壊。一葉の両親にとってはまさに槿花一朝の夢であり、その落胆は言語に絶するものがあったろう。けっきょく、両親の期待は子供たちへと向けられるのは当然の結果といえよう。

夏子より前に、長女ふじ。長男泉（仙）太郎（元治元年四月十七日生）二男虎之助（慶応二年十月十四日生）がいる。そしてやがて下谷区練塀町四十三番地に移転。

明治七年（一八七四）　三歳

この年、麻布三河台町五番屋敷に転居。六月二十二日、妹くに子（国・国子・邦・邦子とも記し

た）が出生。九月、則義は東京府中属になる。十月十三日長姉ふじは軍医副の和仁元亀と結婚。（翌年七月離婚）

明治九年（一八七六）　五歳

四月四日、本郷六丁目五番地へ移転。十二月二十八日則義は東京府中属を退官。退職金一六〇円。

明治十年（一八七七）　六歳

三月五日、本郷学校に入学したが幼少のため退学。

十月則義は警視庁傭になる。月給十五円。

明治十一年（一八七八）　七歳

本郷四丁目にある私立吉川学校へ入学。日記に示されているように草双紙などを読みはじめた。

明治十二年（一八七九）　八歳

十月、ふじは久保木長十郎と再婚。

明治十三年（一八八〇）　九歳

則義は勤めのかたわら、金融業に力を入れる。一葉の日記に「……只利欲にはしれる浮よの人のあさましく……」は武家政治崩壊に伴う精神的支柱は「金」しかないという父の心情を知るよしもなかったと思われる。

明治十四年（一八八一）　十歳

三月、則義警視庁警視属となる。月給二十円。長兄仙太郎は泉太郎と改めた。（真下専之丞が「仙」の一時を名付け親として命名したが、真下家が没落したので改名したと考えられる。）七月九日下谷御徒町一丁目十四番地に移転。七月十八日次兄虎之助を分籍（武士の家柄？　にふさわしくない意も含めて一種の勘当か。）十一月、池の端の私立青海学校小学二級後期入学。

明治十五年（一八八二）　十一歳

十一月、なつは青海学校小学一級前期を卒業。

明治十六年（一八八三）　十二歳

五月七日、青海学校小学中等科第一級を五番で卒業。十二月二十三日、同校小学高等科第四級を首席で卒業。さらに第三級へ進級を希望したが、母の意見によってか退学。日記に「十二というとし、学校をやめけるが、そは母君の意見にて……」はこの辺の事情を物語る。

明治十七年（一八八四）　十三歳

一月、和田重雄から歌の通信教育を受ける。最初の歌は、「春風不分所」の題で「あちこちに梅の花さく様見ればいずこも同じ春かぜやふく」。同月、泉太郎熱海へ病気療養に行く。十月、下谷区上野西黒門町二十番地に移転。

明治十八年（一八八五）　十四歳

二月九日、泉太郎明治法律学校（現・明大法学部）に入学。なつは松永政愛の許で裁縫を習い、その折、渋谷三郎〈十九歳〉（東京専門学校・現早大法学部に在学中）にあう。

明治十九年（一八八六）　十五歳

八月二十日、則義の知人で医師遠田澄庵の紹介で中島歌子（四十六歳）の「萩の舎」に入門、なつははじめ下田歌子の弟子になれると思いちがいをしていた。

明治二十年（一八八七）　十六歳

六月三十日則義、警視庁を退職。泉太郎は大蔵省出納局配賦課雇になったが病気のため十一月退職。そして十二月二十七日死亡（二十四歳）、肺結核。長兄の死は後年、一葉につきまとう〝死の影〟として脅かした。

明治二十一年（一八八八）　十七歳

二月二十二日なつ戸主となる。則義は住居を芝高輪に移し、実業に手を出したが失敗。この六月姉弟子の田辺花圃が逍遙の推薦により小説「藪の鶯」を『都の花』にのせ、三十三円二十銭の原稿料を得、なつも心に期するところがあった。

明治二十二年（一八八九）　十八歳

春、神田淡路町二丁目四に転居。七月十二日則義五十八歳で死去。多額の負債と母妹の生活が一葉の前途を暗くした。渋谷三郎の〝婚約破棄〟？でショックを受けた。

明治二十三年（一八九〇）　十九歳

秋、母妹とともに本郷菊坂町七十番地で賃仕事による生計を立てる。一葉はひとり中島歌子の住み込み弟子になった。口べらしという歌子の配慮による。

明治二十四年（一八九一）　二十歳

一月、小説『かれ尾花一もと』を執筆。花圃を先達として小説で身を立てようと妹の友人野々宮菊子の紹介で半井桃水を訪ね、その門に入る。以後、鶴田たみ子問題を含めて愛憎に苦しむ日がつづく。

明治二十五年（一八九二）　二十一歳

桃水の好意により同人誌『武蔵野』に『闇桜』を発表。小説『棚なし小舟』（未完）。『たま襷』を『武蔵野』（二号四月十七日）に発表。『別れ霜』を『改進新聞』に（四月五日から十八日まで）。六月六日、桃水から尾崎紅葉への紹介を聞くも、同十二日「萩の舎」へ行き、伊東夏子に桃水とのスキャンダルの忠告をうける。師の歌子からも注意され、桃水に別の口実で訪問不可能を告げた。小説『五月雨』を『武蔵野』に発表（七月）、十月『経つくえ』が『甲陽新報』に、十一月花圃の斡旋で小説『うもれ木』を『都の花』に発表。十二月二十八日『暁月夜』の原稿料十一円四十銭受く。

明治二十六年（一八九三）二十二歳

二月『暁月夜』が『都の花』に掲載。三月『文学界』の同人平田禿木が来訪。三月三十一日、『雪の日』が『文学界』三号に掲載。七月二十日、生活困窮の打開策のため下谷区竜泉町三六八番地に転居。荒物屋兼駄菓子屋を開く。十二月『文学界』十二号に『琴の音』を。

明治二十七年（一八九四）二十三歳

ふたたび文筆での生活構築を考え、二月十一日付の東京朝日六面に彩どられる鑑術家久佐賀義孝の広告に魅せられ、二月二十三日、「秋月」と偽名して経済援助を申し入れた。小説『花ごもり』（前半）が『文学界』十四号に掲載。四月末、「萩の舎」の助教で月二円の報酬を約束。五月一日、居を本郷区丸山福山町四番地に移した。家賃三円。小説『暗夜』（目次『闇夜』）を『文学界』へ（十九号〜二十三号）、十二月『大つごもり』を『文学界』（二十四号）へ。久佐賀に「千円」の援助を申し入れる。

明治二十八年（一八九五）二十四歳

『たけくらべ』を『文学界』（一月、二月、三月、八月、十一月、十二月、二十九年一月）に分載。四月『軒もる月』を『毎日新聞』に。安井哲子等入門。五月『ゆく雲』を『太陽』に発表。六月『経つくえ』を『文芸倶楽部』に再掲載。八月『うつせみ』を『読売新聞』に、九月『にごりえ』を『文芸倶楽部』に、十二月『十三夜』を『文芸倶楽部』へ。『やみ夜』（改題）もこの号へ再掲載。

明治二十九年（一八九六）二十五歳

一月小説『わかれ道』を『国民之友』付録へ。『この子』を『日本乃家庭』に発表。二月『裏紫』（未完）を『新文壇』へ。同二月五日『大つもごり』を『太陽』に再掲載。四月『文芸倶楽部』に『たけくらべ』が一括再掲載されて『めざまし草』で激賞をうけた。五月十日『われから』を『文芸倶楽部』に発表。六月二日、三木竹二（鷗外の弟・篤次郎）来訪、『めざまし草』加入を勧誘、『三人冗語』を「四つ手あみ」に改名するなどの条件を提示。二十二日、齋藤緑雨来訪『めざまし草』の勧誘にのるな……の旨を忠告。桃水・国木田収二・禿木・露伴等々来訪者極めて多し。八月、病重く山竜堂病院で樫村院長の診察をうけたが絶望とのこと。九月鷗外を介して青山胤通の往診を受けたが重態を宣告。十一月二十三日死去。二十五日、十数名の葬式であった。法名は智相院釈妙葉信女、現在杉並区和泉の本願寺墓所に葬られている。

あとがき

本書はいわゆる研究書とは言えないかも知れない。論文集も頭をよぎったが、しかし一葉研究に馬齢を重ねた来た関係から柄にも無くいろいろのところで講演の機会に恵まれた。その都度、多くの方から一葉の『日記』を紹介しながら『現代にとって一葉とは何か』をテーマに書いて欲しいの声があった。

社交的言辞を真に受ける軽率の誇りを免れないが、長年、足で調べた新資料を加え、合わせて老生の図々しさが無ければ触れられない事もこの際お許しを頂き、その責めを果たしたいという心情に傾いてきた。したがって執筆姿勢として一葉の『日記』を紹介しながら努めてルビを施し、これに私の偏見を加え解説・意見を挙げさせていただいた。時にはいささか大言壮語があることもご海容願いたい。

私ごとで恐縮だが、私が一葉に関心を持ったのは夭逝した女性作家という事だけではない。私どもの少年期はいわゆる思想の統一、幸福概念の画一化―さらに戦局が厳しくなった昭和十八、九年、二十代前後はともかく昭和一ケタ前半世代は、自分の思想未確立の十四・五・六歳の少年。換言すると国家的イデオロギィーに期待される人間像、この十五の〝春〟の少年まで「死」と対峙する世界での存在感――命令一下で多くの若者、仲間が帰らぬ人となった時代であった。個々人の温度差があっても思い出したくない苦汁、その悪夢を封じ込めざる得ない心情は避けられない。

日本の敗戦を契機に、思想、物事への考え方、生き方等は百八十度の転換、そのような中で辛くも生き長らえたうしろめたさを抱きながらも、ややオーバーながら「生きるとは」・「人間とは」・「真の幸福とは」の自問は戦後の人間にとっての共通思考であった。したがって意外に理系から文系への転換組みも少なくなかった。もっとも、日本中、総貧乏、食べるものなし、着るものなし、住む所なしの〝三無し〟からアルバイト可能な文系止むなし組みもいたかもしれない。

以上のようことから、貧窮に喘ぎながら、しかも「生」と「死」のはざまで名作・問題作をモノした「樋口一葉」とはどのような人物か――に興味を抱いた。もっとも初めは一葉が「夏子」なる女性だと知ったのは吉田精一先生の集中講義、風巻景次郎教授と東大国文同期で一葉研究の泰斗・塩田良平先生並びに多くの先達から教示を得てからであった。

近代文学は足で書け、データーが無ければモノいうナ……を叩き込まれ、その癖がこの年齢になっても抜けきれない。私の卒論テーマにも関係する「一葉・奇蹟の十四ヵ月」（後年、北海道出身の和田芳恵氏がネーミングのこのことばはもちろん、なかったが）関連で一葉周辺はもちろん、久佐賀義孝氏の探索調査を続けた。その中で、特に平成十六年三月、九州・熊本で遺族関係者から資料提供に預かったことも忘れることが出来ない。

また、一葉の〝許婚〟？「渋谷三郎」の調査で新潟地検等へ乗り込んだり、無礼を承知での聞き書きなど、随分、無鉄砲なこともあった。また、一葉・両親の背水の陣を納得するために江戸への脱出コース追体験を志向して、御坂峠や足柄山の急坂、崖縁の危険を何時も同行協力の元本学教養ゼミ長（現・北大大学院法学研究科博士課程後期）の河森計二君の注意を受けたこともあった。これらも本書の中で一部、生かしたつもりである。

ところで、早くから本書の刊行を勧めていただきながら、私の腰の重さにも耐えてくださった翰林書房社長の今井肇氏ご夫妻には心からお詫びと感謝申し上げます。今井さんは私の『一葉文学成立の背景』や評注釈書『樋口一葉』刊行当時の「桜楓社」（現・おうふう）編集長。お蔭で前者が三版まで、後者は現在十七版を数えることができたのも、偏に今井さんのお引き立ての賜です。また、先の挙げた河森君の協力がなければ、この年齢になって〝足〟で調べる芸当は覚束なかったと思います。さらに各種資料の収集検索のお力添えを惜しまなかった札幌大学図書館情報サービス係の渡部毅氏。最後になりましたが久佐賀義孝氏調査という、大変非礼極まりない招かざる客にもかかわらず、最大のご協力を賜わった北海道・倶知安町在住の久佐賀家本家筋十二代の当主久佐賀輝夫氏、九州・熊本甲佐町元助役久佐賀司氏ご夫妻並びにご家族、さらに義孝氏のお孫さん、そうして本来ならばお一人おひとりのご尊名を挙げなければならないご協力の方々に対し、満腔の敬意と感謝の念を捧げ、本書刊行のお礼といたします。

平成十六年十二月

木村真佐幸

【著者略歴】

木村真佐幸（きむら・まさゆき）

1930年1月北海道に生まれる。

1955年北海道大学文学部国文科卒。引き続き同研究生。札幌大学教授・学長を経て現在同大名誉教授。

主要著書：『一葉文学成立の背景』（桜楓社）。『樋口一葉』（おうふう）。『新訂樋口一葉』（おうふう）。『北海道文学の周辺』（北海道新聞社）。『全集樋口一葉』（注釈、共著、小学館）。『幸田露伴・樋口一葉』（共著、有精堂）。『論集樋口一葉Ⅲ』（共著、おうふう）。『日米映像文学に現われた家族』（共著、金星堂）。『歴史と文学の回廊』〈北海道編〉（共著、ぎょうせい）。『北海道文学大事典』（共同執筆、北海道新聞社）。『北海道文学百景』（共著、共同文化社）他。

樋口一葉と現代

発行日	2007年5月18日　初版第二刷
編　者	木村真佐幸
発行人	今井　肇
発行所	翰林書房
	〒101-0051　東京都千代田区神田神保町1-14
	電 話　03-3294-0588
	FAX　03-3294-0278
	http://www.kanrin.co.jp/
	Eメール●kanrin@mb.infoweb.ne.jp
印刷・製本	アジプロ

落丁・乱丁本はお取替えいたします

ISBN4-87737-209-1